# 半夏星球

朱朱莉 著

竹和松出版社

出版：竹和松出版社（Zhu & Song Press）

Zhu & Song Press, LLC

North Potomac, Maryland

责任编辑：朱晓红

责编信箱：editor@zhuandsongpress.com

封面设计：宋葳

出版社网址：www.zhuandsongpress.com

印刷地：美国，英国

发行：全球（中国大陆除外）

ISBN-13:978-1-950407-05-7

ISBN-10:1-950407-05-5

# 关于作者

朱朱莉，生于七十年代宁波，科幻小说家。现居美国华盛顿地区。爱好文学，电影，传媒。中国科学院天体物理和乔治华盛顿大学工商管理双硕士。曾任国内知名教育门户网站信息发展部总经理，也曾任美国著名报业集团高级软件工程师。有多篇长中短篇科幻悬疑小说发表：《半夏星球》、《杀人机器人》、《机器人总统》、《他人地狱》、《机器人保镖》、《初恋情人》等等。并有《机器之城》等科幻小说集出版。

朱朱莉的科幻作品曾在豆瓣取得 8.6 高分的评分。多部作品入围豆瓣科幻类征文大奖比赛。每部小说均在海外华人最大门户网站得到很高人次的阅读。朱朱莉的科幻小说集《机器之城》（The City of Robots）曾在亚马逊网站中文小说新书发行排名第一：Amazon #1 New Release in Chinese Language Fiction. 也曾很长时间排在亚马逊网站中文科幻小说前五名，而且自 2019 年出版以来一直都在亚马逊中文科幻小说排名前十五： Amazon Best Sellers in Fantasy, Horror & Science Fiction in Chinese.

# 自序：一场猎户座的流星雨

终于写了一本一直想写但一直未写的有关外星人的科幻悬疑长篇小说《半夏星球》（The Half Summer Planet）。还差一个序，本就想不写了，结果昨晚看新闻说十月二十一日八点刚好是看猎户座流星雨最好的时候，一小时平均能看到二十颗流星。文章又说，因为刚好是农历九月十六，月亮正圆正亮，所以会影响到流星雨的观看效果，但肉眼一小时看到十颗流星还是有的。我看了一下时间，刚好是美国东部夏令时间晚上八点五十六分，即实际的七点五十六分，昨晚是十月二十日，但在中国已经算是二十一日了。也就是说晚上八点流星雨的最好观看时间就要到了。

我生性懒散，很少主动计划做这些浪漫的事，比如早起海边看日出，晚上长河等日落之类，即使在少女时代也不会主动计划去做这类事情的。但既然时间上刚好赶上了，那就应该去看看。走到后院就能看到星空，不费什么力气的事为什么不做一下呢？

其实我早就注意到了月圆。猜想不是九月十五就是九月十六了。离父亲的生日近了。很少上网查农历的我就是靠着月盈月缺来估计离父母生日的远近。等再过几天，我会上网查一下农历，然后换算成美国的时间，确定到底是哪一日，到时就会提醒自己要给父亲打个电话祝他生日快乐了。

这一年来，乱世，疫情，在漩涡正中的华人，个人遇到的匪夷所思的遭遇，是依仗着父母无私无畏的大爱，才总算一步一步踏踏实实地走到了实地。“船到桥头自会直。”母亲这么教我。

最难的时候，做了一个梦，梦见自己从老家新楼楼上阳台的大柱子最高处掉了下去，是父母亲一起用双手在楼下把我接住了。

一小时能看到十颗流星，那就是说六分钟就能看到一颗。天凉了，站在后院的阳台能感到秋意的萧索。左右邻居的后院都开着灯，再加上月圆，不是好的观星环境。天上的星星并不繁多，流星更是一颗都没见到。新闻说，流星雨最可能发生的地点就在你的头顶。我仰着脖子望着头顶的星空，直到脖酸身冷，六分钟应该过去了，没有一颗流星划过夜空。

没见到又怎样？我可以在想像中见到比眼睛能见到的浪漫一千倍的流星雨。

而且在我们看来浪漫的流星雨，对那个星球来说，却正是大毁灭的时刻。我们觉得越浪漫，对它们来说越残酷。

好在那些星球上面没有有情众生。但如果有呢？

生老病死，天老地荒，都是自然规律。“不取于相，如如不动。”

上帝关上一扇门，我自己打开一扇更大的门。

朱朱莉于十月二十一日马里兰家中

谨以此书献给

我的父母，女儿和丈夫

我的姐姐妹妹和弟弟

我的老师和朋友们

所有科幻或悬疑小说爱好者们

所有曾仰望星空的人们

# 目录

# 一．无尽庄园的夜晚

吴崔西的前面远处是二棵参天的树，树叶密密匝匝，在六月底仲夏的夜色中随着微风微微摇曳，来回摆动，就象一双双小手在胡乱地欢快地按着夜的琴键。

那树产黑核桃。秋天的时候会看到一只只绿色的裹着核桃的小球隐藏在茂密的也仍绿色的树叶中垂挂着，突然，有一只或者几只掉了下来，引起树叶的一阵骚动，掉下来的小球又碰落更多的小球，如果那时人刚好站在屋外，接着就会听到一声声沉闷的落到地上的声音。

这二棵树是那么高，那么大，几个人围绕起来才抱得过来的壮实的树干，繁芜的叶子，在夜色的掩护下，让人感觉它们不再是普通的树，而是有树的精灵栖息其中。传说中的树精灵大概就是以这样的树冠作为它们的掩护，只在善良的人在危急的关头之下出现。

古代传说中总有人在某种机缘会见到它们。但想来它们最初也只是一颗微小的种子，也许当初只是一只松鼠把远处什么地方搬来的核桃埋藏起来作为过冬食物，而结果忘了它们的埋藏之处。

这时，夜色已深。原先只在草地上飞舞的萤火虫已经飞升到那两棵参天的树间，无数的众多的萤火虫在枝叶间流光飞舞，像烟花，却比烟花神秘，无声无息，连绵不断，像光的瀑布，却是向着天空流动，与天上的星星相互响应着，又无时无刻不在变动着。就像是树的精灵在向她展示大自然的奥秘。

在向她展示什么奥秘呢？

还有什么是她所不知道的？

她以为自己已经知道得够多的了。

“什么事不对。”她的心中摆脱不了这个疑惑。

她对于她从五十年的昏迷中醒来的事件中觉察到有一件什么事不对。但这是一件什么事，她却不能理清楚思绪。

她知道自己目前是完全孤独的。她一个人就是整个孤立的世界。她的世界与他人的世界已经没有交集。她将独自面对一个她的自世界之外的外世界。那个世界是在她之外独立运作，已经与她无关。

一花一世界，一叶一菩提。原来是真的。

如果花与叶不与其它的花与叶相联系，那一朵花一片叶对于那朵花与那片叶而言，它们就是整个世界，其余的一切都是外在的无关的环境。只有那朵花与那片叶与其它的花与叶有关联时，它们才在同一个更大的互有关联的世界里。

每朵花及每片叶子看到的世界都是不同的，每朵花和每片叶子也都是不同的自世界。

而她，现在就与其他的人不再关联。她知道自己已经比曾经的朋友曾经的亲人，曾经认识或不认识的人，迟到了五十年。

她现在仍然保持着所有二十五岁时的状态，而其它的一切人一切物一切环境，都已经往前进了五十年。她原来的朋友们已经完全脱离了她的世界。

朋友们都一起进入了老年的世界。而她则被时光遗弃在五十年前。

她不知道自己的生命的意义还在哪里？

哪怕一朵花一片叶也是要与其它的花与叶有关联才能生存下来，而她的生命与世界已经脱开了五十年。

在她最初的二十五年中，她一直在思考生命的意义。人生那么短，活着的意义是什么？

她的父亲吴行健，已经九十九岁了。她尝能依稀认得他，又不认得他了。对于她面对的世界，她也是似曾相识但又全然陌生。

她必须重新认识自己存在的价值。何况，她的父亲告诉她，她可能会拥有比这个星球的人长得多的寿命。

现在她却必须换一种角度思考人生的意义。如果人生那么漫长，那么活着的意义是什么？原来，人类不管是人生长短，都会思考人生的意义。

人类是会思考的动物。

我从哪儿来？我到哪儿去？我来干什么？这是高更那幅著名的画作的标题。为什么那幅画作那么有名，成了传世之作？一方面固然是因为画得独特，色彩运用独特，画得好，但另一方面可能是因为他说出了任何一个会思考的人最常问自己的三个终极的问题，它得到了全体人类的共鸣和全体人类对他们自身一直苦闷思索却不得其解的命运的同情。也许有人从高更的画中看到了答案，但更多的看到的还是只是三个问题。它对于绝大多数人而言，仍然是三个无解之谜。而一代又一代的人仍然在继续苦苦追问着这三个问题。

她如果不能接纳自己的目前，又如何去面对以后漫长的岁月？

她第一次感觉上帝给予这个星球的人短短一百岁的寿命是一种仁慈。

如果寿命太长，要拿来做什么？她向未来走去，未来却向后退，这是一个多么可怕的愿境。她如何才能跨越岁月的河流？如果短短的一百来岁都会让人感到孤独和寂寞，那漫漫的岁月岂不是就是上帝的惩罚？

那她是拿到了上帝的惩罚牌了么？

这是她在五十年后醒来后的三天来，一直在反反复复思考的问题。

但现在，面对着萤火虫的夜晚，面对着这两棵不知多少岁了的老树，她似乎好过了很多。比起那两棵老树，比起神秘的大自然，多少岁好像都不算很久。

听她的爸爸说，那儿原来有三棵黑核桃树，在他们搬来这无尽庄园的很久很久前就已经存在了。谁也不知道它们有多少岁了。树枝高耸入云，遮天盖地，带给了他们所需要的隐私。但在她妈妈夏照五年前去世的那个时刻，那是正午十二点钟，最右边的那一棵黑核桃树突然就毫无征兆地轰然倒下。发出一声巨大的响声。响声如此之大，就像天被劈开，地被震裂，世界就要毁灭于当前。在那之前，那棵非常高寿的黑核桃树健康高大，枝叶茂盛，他们都感觉它会像其它二棵一样一直存在下去。然后一场瓢泼大雨当头下在无尽庄园，那雨就像是从那天上裂开的缝里倒下来，根本分不清雨点与雨点，像是下了一条瀑布，一条川流。而在无尽庄园的外面却仍然是晴空万里。看到的听到的人都引为奇事。

如果长寿是上帝的惩罚，那这美丽的沧海桑田了多少次的大自然分明不像是上帝的惩罚，而更像是上帝赐于有情众生的陪伴。

确实，在这流光飞舞的仲夏夜，她暂时忘记了孤独和寂寞。

更何况，当她回想起五十年前昏迷时发生的事情及五十年后的醒来，尤如一团迷雾，困惑着她的心。

对于这个困惑的困惑也填补了她大部分寂寞的时间。

# 二．包荒园

那两棵参天的大树在西方世界的无尽庄园。

在吴崔西醒来的三天内，他的父亲告诉了她在五十年间世界都发生了什么。

在那三天内，除了告诉吴崔西现在的世界都已经变成什么样了，吴行健还做了很多件事，其中一件事就是在东方世界给她买了一个私人园林。

三天后，他亲自用自家星步公司的航行器把她秘密地送到了东方世界的包荒园。

包荒园原来叫个介园，里面种了许多竹，因为传统的水墨画会把竹的叶子看成是一个个“个”字和“介”字组成。以前曾有一个很有名的私家园林因为主人爱竹而且在园内种植了很多竹子而把他的园林命名为“个园”。个介园是借鉴了“个园”这个名字，里面也种植有很多竹子。

不过吴行健认为已经有“个园”珠玉在前，个介园就显得命名的模仿痕迹太重，他不喜欢成为第二个吃螃蟹的人。

他常说：“第一个吃螃蟹的人是天才，第二个吃螃蟹的人是人才，第三个吃螃蟹的人是蠢才。”

他自己一直来都是一个勇于做第一个吃螃蟹的人，所以买下后即刻就把这个“个介园”改名叫包荒园。

包荒二字出自易经的泰卦，包容一切荒秽，度量宽大，有包容心的意思。与竹子的虚心有节也刚好相应。如郑谷的《咏竹》里说竹“宜烟宜雨又宜风，拂水藏村复间松。”张必的《咏竹》则说竹：“凌霜尽节无人见，终日虚心待凤来。”

取泰卦也包含了吴行健对吴崔西的祝福，希望他的女儿从此以后能否极泰来，平平安安。

吴行健太有钱了，对于买下这么一个豪华奢侈却又清新别致的园林对他来说不值一提。他的地产里甚至包括有这个星球南端处的一个很大的岛屿。这个包荒园园林跟一个岛屿比起来只是 一个 很小的地产。

他老了，越发知道与人世间的温情相比，除了能保证过个小康生活的财富外，金钱是最无价值，最微不足道的。

而且，他满心对吴崔西充满了愧疚，他要弥补。他内疚他身为这个星球有钱有权的科技界名人，但连自己的孩子都没能保护好。

他更对他的妻子——吴崔西的妈妈夏照——抱有愧疚，他觉得他没有让她过上应有的生活。他给予了她富足的物质生活，但却让她长期担惊受怕，为了这个家，特别是为了崔西操碎了心。

当年那个貌美如花娇柔若柳却又慷慨大方，可以过着双手不沾阳春水，饭来张口衣来伸手的日子但却能力非凡做事干脆利索的她，是个资深美食爱好者。在吴崔西当年昏迷后，立即在一个佛寺中对着大雄宝殿里的大佛跪下发愿：从此以后，只吃全素。而在此之前，只要她听说哪个餐馆新开发了一个菜肴，不管多远，她都能呼朋引伴即使要趁飞机也要飞过去尝新的。除了一般叫得出名字的山珍海味，她吃过的菜肴里还包括墨鱼蛋（乌贼卵），酒糟鲎等只有在特定的地方特定的时间才能吃到的特产。

吴崔西昏迷后，她开始忏悔自责。她平时也做很多慈善工作，但那都是对人的。她也捐赠了很多钱财给宠物收养所，但那只是对宠物的。对于除了人以及宠物以外的动物，佛教一视同仁都称为有情众生，她却在吃的方面没有节制，吃了很多纯属只是为了满足口腹之欲的食物。佛教说众生平等，她却以区别心待之。人说“积善之家必有余庆”，看来是她积善不够，以至于没能给自己的女儿带来余庆。

而且，吴崔西昏迷的地点是在她实习的公司。那个实习的职位就是她的吃喝亲友团 里的一个吃喝朋友冯征珍通过唐竟介绍的。冯征珍自己开了一家贷款公司，人脉很广，夏照吃喝亲友团的有些朋友就是冯征珍引荐过来的。陆景生的妻子唐竟就是这样通过冯征珍引荐成为了她们的共同朋友。

五十年前的那个五月初，吴崔西刚好MBA毕业，工作还未着落。本来夏照是想让吴崔西在她父亲的公司实习的。但吴行健说过，古代人都易子而教，把自己的孩子送到别人那儿去受教育，而不亲自教自己的孩子，这样可以避免自己对孩子的宠溺。所以夏照想着，如果提出让吴崔西在她先生的公司实习，吴行健一定不会答应。于是在一次饭席中，夏照提到了这个小小的烦恼。冯征珍把头向唐竟点了点说："你家先生陆景生开公司不是很久，正很缺人，何不让吴崔西去实习几个月。"唐竟马上一口应承下来，饭席间就一个电话立马打过去给陆景生公司的人事经理，电话里就与她先生公司的人事处联系上安排好了吴崔西第二天就过去实习。

她们的吃喝团经常就是这样在吃吃喝喝间办成很多大事：贷款啊，保险啊，工作啊，旅游啊，买房啊，买车啊这些人生大事在吃吃喝喝间互相介绍介绍互相传递传递小道消息打打几个电话就搞定了。她们吃喝团甚至还在吃吃喝喝间促成了几对婚嫁大事。没有什么是她们吃喝团办不成的事。夏照的吃喝团甚至是维系当地华人在异国他乡安定团结求发展的重要基石，更是维系华人那种同种同源熟悉感认同感的情感需求。

吴崔西就是这样去了陆景生的公司实习。

夏照为此事觉得自责，要不是去陆景生的公司实习，吴崔西也不会遇到此等际遇。想来想去，还是怪自己，是自己积福积善太浅，以至于有这么一个吃喝亲友团，以至于会认识唐竟，以至于会让吴崔西去陆景生的公司实习，以至于使吴崔西遇此业障。

而且吴崔西去陆景生公司实习不久，活泼外向的唐竟居然因为忧郁症跳楼自杀了，如此的悲剧也让夏照觉得有自己的一部分责任，如果冯征珍没有把她介绍进她的吃喝亲友团，也许就不会有此悲剧的发生，谁说得上呢。然后，就不会一个悲剧接着另一个悲剧，一个涉及到她女儿的悲剧。“雪崩时，没有一朵雪花是无辜的。”她一定就是其中一朵造成雪崩的雪花。

她甚至把自责追溯到了出国前，要不是她那时动了想去看看外面的世界的念头，吴行健也不会找机会出国到M国工作，如果当时没出国，现在一家人估计就在Z国过着小康安稳踏实熟悉和睦平安没有担惊受怕的生活，也就不会有那以后的种种遭遇了。

所以她勇猛发心，要用余生来为自己的孩子积善和积德。在吴崔西醒来的五年前，她的身体状况变得很差，医生都建议她改变饮食习惯，增加营养，要她吃点荤。她说：“人可死，荤不可开。”她走的时候，只惦记着吴崔西，她从来没有一天不坚信她的女儿一定能够健健康康的醒来。

夏照等了很久，她一直在为女儿的醒来坚持着，信仰着，她后半生的耐心和坚韧全都用在等待和期待崔西的健康醒来上面，她的人生意义最后都附着在这种坚持上。她的人生使命未完成，她就还要坚持，她不能走。

金刚经里说“一切法无我，得成于忍”，她坚持着忍耐着，她作为母亲这个坚持的决心强大无比，坚不可摧，比金则还要坚硬。

每个母亲都是一部金刚经。

她为此坚持了四十五年。现在吴崔西真的醒来了，但夏照却没有等到这一天。

吴行健不知道，他的安排，虽是好心，恰恰给吴崔西造成了不小的障碍。因为这个庞大的包荒园更造成了吴崔西的孤独。

包荒园共有九十九间半的房间。

传说中，天庭里的玉皇大帝拥有一万间房，所以人间的皇帝为了尊重天庭的帝王，就会比玉皇大帝所拥有的要少半间房，即九千九百九百九间半，而人间的官员则最多能拥有九百九十九间半房间，而到民间的私人宅第则最多只能有九十九间半的房间。这个园林原来就是个私家宅第，但九十九间半的房间对于吴崔西一个人而言，实在还是太大了。而人，只能在群体中才能生活下来。是必须要与别的人打交道才能建立起她的生活，才能把她的世界从自世界中往外拓展开去。

鲁宾逊只有有了星期五才能生存下来。如果没有星期五，他活不了太久。孤独，绝对的孤独，是会致人于死地的。

很多人声称自己喜欢孤独，特别是一些以创作为生的作家或艺术家。确实，每个人对于孤独的需求是不一样的。有的人需要得多一些，有的人需要的少一些。因为对于每个自世界来说，其他人都只是构成自世界的外缘而已，如非必要，谁不想只生活在自己的世界里？如果他们在自世界里能满足大部分的需要，则相对来说，他对外界的他世界的需求就要少一些。有些人则是因为工作或生活的性质无奈中需要他用大量的时间活动在外面的世界里，所以他的心里就会比一般人更强烈地产生对于孤独的需求，他会需要更多的时间呆在自己的自世界中。

作家和艺术家是一些特例。因为他们在自世界中创造出一个个不存在的世界，他们除了自世界，还能活在他们所创作的世界里，所以对于外界的世界的需求就相对要少一些，而对呆在自世界里的愿望要相对强一些，他们对于孤独的需要要比一般人相对要多一些。但是，他们创造的世界也是以他们的自世界和外世界为基础的，所以即使是艺术家和创作者，他们也是不能完全离开外世界而孤独地生活在自世界中。

对于一个只能呆在自世界的人来说，孤独是无法承受之重。孤独即地狱。

只有到我们外部的世界过份干扰到我们自己的世界时，我们才需要孤独。但我们需要这个外部世界的干扰，如果没有任何外部世界的干扰，独独困在自世界里，人是活不下去的。因为他失去了任何活着的意义和活着的理由。

吴行健不懂这个道理，因为他的一生一直处于繁忙的工作和拼搏中。墨子说：“民有三患：饥者不得食，寒者不得衣，劳者不得息，三者民之巨患也。”这其中的“息”，在吴行健的理解中就是要“息”在自己的世界里，在自己的世界里无所事事，也就是孤独。这是他所缺乏的。他老了后，只想拥有孤独。所以十年前搬去西方世界郊外的无尽庄园，不再受别人的打扰，固然是出于保护吴崔西昏迷一事隐私的需求，另一方面也是他自身的需求。特别是当吴崔西的妈妈夏照过世后，他更是觉得失去了与外界打交道的意愿。

他以为孤独奢侈无比，比任何财产更珍贵，不是金钱可以买到，却又是任何人都需要的，就象空气和水。他从自己的经验出发，以为自己是全然为吴崔西作考虑。孤独可以保护她，可以使她免受外界的侵扰。但他不是吴崔西，他没有清楚地认识到吴崔西是一个全然独特的个例。

还好，吴行健把吴崔西托给了朱尽夏。朱尽夏是吴行健原来 Z 国国家天文台的研究生同学。他们那界同学关系都非常好，毕业七十多年来，世界完全变了，而他们同学之间的友谊却都仍然保持下来了。

当年，当吴行健和其他同学随着当时的出国大潮前仆后继地奔赴西方世界的时候，吴行健的两个好朋友朱尽夏和杜浩却一直呆在东方世界。

而且朱尽夏是一个很有智慧的人。把吴崔西托给朱尽夏的这个决定，救了吴崔西。

# 三．梦境

吴崔西从梦境中醒来的那天，整个世界都变了。

这个变字有回顾和展望，向后和向前二种双向的意思：世界与她昏迷前完全不一样了。世界又将因为她的醒来再次变得完全不一样。

她昏迷了太久太久，昏迷了五十年。

但她本人却不知道自己昏迷了这么久。在她眼中，她梦中的世界才是真实的世界。在梦中，她的父亲母亲依然年轻，她与男朋友林之峰的关系依然亲密，她与一群朋友们经常一起去游山逛水。她像她妈妈一样喜欢热闹，喜欢呼朋引伴，所以身边总有一群人。照样过着平常的备受宠爱的日子。梦中的日子都是差不多的，都是日常的起居，而且好像总共才过去了几天。

在她醒来前的最后一个场境是她在午睡，睡着了，然后好像变成了十三四岁的样子，正独自一个人在一条小河里捞鱼。她开始感到事情有点奇妙。只要她把捞鱼的网兜放下去，她心念道："捞上来一条鱼。"那么网兜里必然会有一条鱼出现。她就一直心念：再上来一条。鱼就一直都捞不完，捞上一条又一条。然后她改变心念："这次什么都没捞上来。"结果就真的什么也没捞着。最开始，她一个人乐得咯咯笑，太顺利了，从来没有那么顺心过。后来开始有点奇怪。就转念说："这次捞个青蛙上来吧。"结果网兜里就出现了一只青蛙。她开始有点害怕，说："那再上来一只青蛙吧。"然后网兜里就蓦地冒出一只青蛙。她又开始试别的，比如乌龟，蛇，水草，无一例外，网兜里冒出来的动物植物就是她心里想要的动物植物。

她害怕了。环观四周，四旁无人，只有她与面前这条静静的小河。小河咕咕地冒出气泡，暮色降临，雾气在河中若隐若现地升腾。她突然很怕会有一个女人从气泡里钻出来，顶着一头湿漉漉的长发，长发覆过来蒙着了整个脸。这个念头吓住了她。

这时，一个白胡须穿白衣白裤的老人不知什么时候出现在她的面前，说："快回家吧，你妈妈在喊你回家了。"吴崔西一看有人来了，她就不害怕了。说："我还想再玩一会儿呢。这条河太奇怪了，我想捞什么就会冒出什么。"白胡须老人很严肃地说："这儿的鱼是永远都捞不完的，但你让你妈妈等得太久了，你让她等急了就不好了。"吴崔西说："我妈妈才不会管我什么时候回家呢。"白胡须老人说："这儿不是你呆的地方。你的面前也不是河流，而是梦境，你的梦境就在你的心里。你的心把你自己局限在某种境地，人就生活在某个梦境中。你现在就生活在梦境中。”这时，白胡须老人从裤兜里掏出一个铃铛，开始“叮铃叮铃叮铃”地摇了起来。吴崔西说：“您这是干什么？”她正说着这句话时醒来了。

这已经是完全不一样的世界。国家已经不存在，没有了国与国的分别。世界已经分裂为二个不同的世界：东方世界和西方世界。东方世界和西方世界只是两个通俗的叫法。正式的叫法为：隐私世界和开放共享世界。隐私世界在东方，开放共享世界在西方。不过出于一直来延续下来的叫法，有时候大家还是以以前的国家名称称呼要去的地方。

她昏迷后的第二年，是个庚子年，传说中各种灾难发生的一年。庚子年以后，是共享及云端的技术广泛应用到生活中的时代。

从那以后，世界逐渐从合到分，分成了开放共享世界和隐私世界两部分。而等再过了几十年，所谓分久必合，合久必分，世界又开始没分得那么清楚了，所有以前的国名叫法慢慢地都又回来了，开放共享世界的偏僻地带，慢慢地又有了对隐私的需求，而隐私世界也慢慢松动了对隐私的追求，而又开始渐渐开放和共享。当拥有过多隐私时，隐私就变得没有价值了，也没那么重要了。特别是年轻人，有的开始埋怨老一辈为什么当初会选择生活在隐私世界。所以两个世界又开始越来越不那么隔绝了。

而对吴崔西而言，她等于来到了一个新的世界。所有她以前认识的人都老得认不出来。要不是她以前与父母朋友男友的合影和视频证明她曾与他们有着亲密的关系，他们是原来的他们，她所认识的他们，她根本无从相信，已经五十年过去了。

她的爸爸，吴行健，西方世界科技界里最有权势的人之一，已经老了，九十九岁了。

她的妈妈，夏照，已经在五年前离开了这个世界。临走前，她神志清醒，虽然声音很低微，但说得清清楚楚："我要去把西西的魂叫回来。"原来，真的是她的妈妈在喊她回家。

她的男朋友，林之峰，最初的时候也曾抱着要等她醒来的决心，但等了几年，见吴崔西没有任何要醒来的迹像，而他又在期间遇到了合适的结婚对象，早已经另娶，都已经有孙子孙女了。而他本人也进入了老年。他早已经忘记吴崔西。开始几年，还会来看看吴崔西，陪她默默地坐一会。后来，自从他再次谈恋爱，就再也没回来看过她。他自我借口是为了尊重他的新女友。旧的不去新的不来，喜新厌旧是人间的规律。他并没觉得自己做错什么。后来时间一长，连这个借口都没再想起，忙碌的人生已经把他支使得无暇再顾及与他生活利益之外的人和事。

她的朋友们，有的已经离开人世间，其余的都开始老了。她们都在各自的人生中奔跑着，忙碌着，日复一日，年复一年。有的仍然保持独身，有的开枝散叶，已经有庞大的家族成员了。

她的医生换了一拨又一拨，一年换一次，已经换了五十拨。

虽然吴行健在开放共享世界，因为量子计算、共享云端、航空航天、仿生机器等技术的大力发展，隐私被方便和便捷所代替，但吴崔西的状况却是他动用一切财力技术，保护得最好的隐私。

最起初几年是因为不想吴崔西的治疗过程让医生知道得太多。后来却是因为吴行健想要隐瞒的秘密：吴崔西在年复一年的昏迷中容颜一直还保持着昏迷前的样子。一年二年也就罢了，五年，十年还是如此。吴行健多么警觉又聪明的人从此多了一个心眼。所有的治疗都不用云端技术，所有的治疗方案都当面口述，决不留下任何记载和备份，真人医生（不是仿生机器人医生）所见的吴崔西的面容会也按吴崔西应该变老的程度作了一定的妆扮。

那天，六月末平常的一天，却是他女儿的生日。他什么都没做，坐在女儿的旁边说：“女儿啊，你再不醒来，我可要等不及了，你爸爸虽然财富应有尽有，但寿命快要到头了，说不定哪天说走就走了。我是既希望你醒来，又希望你不醒来，你看你，不醒来一直保持着年轻二十五岁时的模样，青春永驻多好啊，醒来后，会不会很快会随着这个星球年龄的增长而老去呢。我老了，你如果醒来肯定认不出你的老父亲了。因为你记忆中的父亲才四十九岁，而且你这个模样醒来，如何在这个没有隐私的西方世界生活呢，人家会把你当作一个怪物，一个实验品看待的。都别说是人家，就是你的弟弟，现在一门心思在研究如何延长人类寿命也没准会把你当作试验对象呢。你现在昏迷着还好，我可以保护你，把你留在我这里。但如果你醒来了，我怎么可能一直把你留在我这儿呢。”

吴崔西却双目空洞地向上看向无尽。

吴行健边说边觉得自己又想让女儿醒来又不想让女儿醒来的矛盾可笑。一边转过身去给自己倒了一杯咖啡。这时，他听到崔西的声音：“您这是干什么？”等他转过头来时，发现女儿亮晶晶的目光正盯着自己看。“西西，你醒了？”吴行健吓了一跳。

吴崔西醒来了。

她的所有记忆都停留在五十年前的那个夏天。她的所有心智及身体特征也停留在五十年前的那个夏天。她二十五岁生日的那天。

吴崔西醒来的那个夏天，几百亿只蝉在地底蛰伏十七年后又重回到地面，用嘹亮的吱叫声庆祝它们来之不易的重见光明。

她蛰伏了五十年，也终于醒来。

她是夏天的孩子。又终于在夏天复苏。

# 四. 陌生人来访

为了保证吴崔西的隐私，十年前，吴行健和夏照搬家到开放共享世界的荒野。吴行健他们生活在西方世界，在开放共享世界生活惯了的人贪图共享世界的便利，已经不能完全适应东方世界即隐私世界的生活，但却还想享受一些隐私，所以开放共享世界的边际又出现了荒野地带。这样他们既可以享受开放共享世界的便利，又同时能保护自己的隐私。

不过在开放共享世界还能保持隐私，那是只有富人才能享受的权利。外人不知道吴崔西的秘密，只知道吴行健自从妻子去世后，与一只老猫和一匹老马生活在一起。他的别墅院子够大有二十英亩。他把那个别墅叫做无尽庄园。

在他的院子一角，有一个马厩，那匹老马平时都在外面草地散养着，晚上回马厩睡觉。马老了，已经不能奔跑了，所以在院子一角悠闲地踱着步，吃着草。其实如果它能奔跑，这个院子足以供它象在荒野一样自由奔驰。这是一个独立的远离居民区的别墅庄园，所以也不必有打扰到邻居的担心。住在附近的邻居都是非富即贵。邻居们都隔得很远，基本上是谁都不知道自己的邻居是谁，除了特别有名的那几个。不探听，也不打扰，都各自自顾自地生活着。因为这就是他们搬来这个荒野的原因，就是为了享受共享世界便捷的同时也能享受隐私生活。说是荒野，也只是相对于繁华的共享世界都市区而言，其实一点都不荒，路与路之间，环境与环境之间都打理得整整齐齐，干干净净，更不用说自家住的庄园里更是打扮得花团锦簇。

三十年河东，三十年河西。在这五十年来，华人在世界各地得到了极大的发展，成了最有话语权的一个种族之一，特别在科技界。华人普遍勤劳聪明，又因为最初移民去他国时人生地不熟，特别是第二外语带来的语言障碍，大多数人扬长避短选择以高科技为自己的职业，因为高科技自有它自成体系的语言，生活上的语言障碍不会很大地影响到高科技领域的工作。而且华人曾一度奉行“学好数理化，走遍天下都不怕”，普遍数理化基础扎实，所以华人在科技这个领域得到很大的发展也就不足为奇了。

当今，最热门的科技领域，都活跃着华人的身影。很多最顶尖的科技领域的竞争，成了华人之间的竞争。

而吴行健则是航天领域的翘楚。吴行健家族是靠星步城间火箭运行公司起家的。到目前为止，仍霸占着垄断地位。

但他的儿子吴天悯和孙子吴勉却另辟蹊径，专注在生命科学，主攻方向为延长人类寿命。他们希望在延长寿命的同时，尽可能多地延长青春期。如果只是延长了老年时期，其实意义并不是很大。因为一个人到老年时期该经历的都已经经历过了，接下来的日子就是等着夕阳下山，终老而归。所以他们的主攻方向是延长青春期。一个人当能真正胜任作研究工作的时候，比如得了博士学位之后，得要化差不多二十五年的时间做准备，而最后二十五年又是在衰老中渡过，所以一般真正能用来作事业的黄金时间只有二十到五十年，这之间又要去除吃喝拉撒睡娱乐，抚育后代，所以纯粹能花在研究上的黄金时间其实最多只有二十年。但如果能把寿命延长的十年，二十年，甚至三十年，而且都在青春期，那么不是能用来作事业的黄金时间就大大的延长了？

长寿和健康，可能是人类最想追求的梦想。自古以来，人类就在苦苦寻找长寿和健康的秘诀。在这一点上，西方世界和东方世界都没有什么区别。

西方世界和东方世界的科学家们发现，人体的衰老，首先是细胞的衰老，而细胞的衰老，则归因为端粒的缩短。

什么是端粒？端粒是一个在 DNA 末端，起着保护作用的“帽子”，防止染色体受到破坏。每当细胞复制时，端粒都会变得短一点，但是 DNA 却能保持其完整性。但是，最终端粒在变得无法更短后，就会触发 DNA 损伤与其他因素一起导致衰老进展，增加癌症发生风险。

也就是说，细胞每分裂一次，末端的红色帽子就短一截，最后细胞就衰老了，各种可能的癌症或者其他病症就接踵而来，最后就死了。

这个端粒就成了人类健康和长寿的金钥匙，只要这个端粒比别人长，那个人就比别人健康和长寿。

吴天悯和吴勉的生命动力有限公司研究的方向就是如何才能拥有超长端粒的细胞，这个基因技术，可能是人人都梦寐以求的长寿秘诀。

他们在西方世界的主要的竞争对手是陆景生的公司，不过是间接竞争对手。陆景生的公司也是专注于生命科学，却是研究如何延长生命的广度。即在一个人有限的生命中，如何尽可能享受到几个人的生命经历。比如一个人他可能一辈子是一个导演，但如果能让那个人同时能经历到教师，工程师甚至演员，农民的人生，他的人生就会比原来的人生丰富了几倍。而延长寿命，最多只是延长了十年，二十年，三十年，而在目前的研究阶段，最多还只能做到延长十年寿命。比起能经历几个完全不同的人生，哪个更佳，每个人都有每个人不同的选择吧。也许很多人会宁愿选择尽可能享受到几个人的生命历程呢。陆景生公司推出的最引人注目的项目叫做“心想事成”，就是帮助一个人体验他想体验的另一种人生。因为这个项目的巨大成功，他干脆后来把他的公司名称也改成了“心想事成有限公司”。

吴行健的两个孙女吴尽和吴夏一个二十二岁，一个十九岁了。都无意于继承她们太爷爷的领域及她们爷爷和爸爸的领域。

吴尽在想是否继承她妈妈开的宠物宾馆。她的妈妈袁沐莉，开了一家宠物寄托宾馆有很多年了，生意一直很好。那只老猫和老马，正是有人寄养在她妈妈开的宠物宾馆，但结果再也没来领回去，属于被人类抛弃的动物。有些被抛弃的动物被吴尽和她妈妈送给了有爱心的家庭继续领养，但这一只老猫和老马实在太老了，没人愿意领养它们，所以就被吴尽拿来送给了吴行健。

吴尽爱一切小动物，尤其爱养马。吴行健就帮她在他的无尽庄园后面另买了一块二十英亩的地，让她拥有一个小小的养马场，养马场里大概养有一百匹马。她年轻，既想做一些宏伟的事，比如保护野生动物保护环境什么的，但又对她妈妈的宠物宾馆有感情，却又觉得做宠物宾馆可能限制了她的能力。她对前途还在观望中。年轻人，可以理解，她还在一切皆有可能的心志里，对世界充满了各种期许。也许她最后选择开辟一条新的路来也未尝不可能。

吴夏现在却只狂热于艺术。她从小就显示了艺术的天赋。画画，设计，壁画，雕塑无一不精通。虽然才十九岁，艺术素养已经很成熟，彼有大师的风范。她尤其喜欢雕塑。她的目标是成为一个影响世界的大艺术家。吴行健的无尽庄园中那个老猫和老马的雕塑，就是出自吴夏的手。

吴夏的爱好是由她的奶奶培养的。她奶奶秦泊是大学教授，教美术的。当然秦泊自身也是一个美术家。吴夏从小就喜欢画笔，自还不会说话的时候起就喜欢拿着画笔随心所欲地在纸上乱涂乱画，她随便画的线条涂鸦在她奶奶眼中都是艺术，都会拿去再创作，随便涂的线条都被秦泊用不同颜色的颜料涂成各种很具想像力的动物植物人鬼神和物件。然后她奶奶会把她加工过后的画作给装裱起来，说是吴夏的画作。还会亲自操刀给她的孙女在最受注目的场所开画展。可能是从小受到这种鼓励和获得这种荣誉，极大地激发了吴夏内心艺术的种子。

从画线条到画动漫再到进行正规的绘画训练，使得吴夏在高中的时候就已经具备了美术专业高等教育毕业生的水平。而且应该来说，她高中的时候就已经比那些美术专业毕业的大学生和研究生的水平都高了。

秦泊说自己当了一辈子大学教师，教了一辈子美术，但最得意的学生就是自己的孙女吴夏。

吴夏也不负众望，小小年纪已经有好些作品出现在一些有名的公共场所，很多博物馆的入口大厅有她的雕塑。

最初吴家强大的财力在其中发挥了很大的作用。最开始的时候，人们对她的美术水准还是不信任的，那时候，吴家就提出来所有费用可以由他们来承担，只需要把那个项目交给吴夏做就行了。如果做得不好，拆除就是了。连拆除的费用都由吴家来提供。消除了人们的后顾之忧后，就真的有人把一些缺乏资金但不急时间的大项目将信将疑地交给年青的吴夏去做，做得不好大不了拆除，除了会浪费一点时间，拖延一些进程，他们要付出的代价实在是微不足道。等做出一个二个项目后，人们发现她的美术风格确实独树一帜，从而得到了公众的欣赏。那以后，主动来找吴夏做项目的人就多起来了。从那时候开始，吴家就不用承担费用了，相反，吴夏小小年纪就已经挣到足以使她独立的钱。吴夏还把先前吴家投入的钱都归还了。

她对金钱的概念也与她的奶奶秦泊相似：能足以自立过上小康安稳的生活就行了。

虽然从财力上来说，根本不需要秦泊工作，但她还是一天都舍不得离开她的工作岗位。那怕到了退休的年龄也坚持不退休。她说：这不仅仅是她的工作，还是她的爱好，更是她的生活。她在工作中能得到满足，为什么要退休呢。

在吴崔西醒来前一天，吴行健刚给老猫称了称体重，令人惊奇的是，老猫的体重居然还增加了。原来一直是十磅左右，现在有十一磅。

“你这是越活越年轻了啊。”他满意地对老猫说，“说不定我要走在你先头了。”

老猫二十五岁了。她用缓慢的动作眨吧眨吧她的眼睛，老人知道那是她的撒娇方式。老猫虽老，但却与她以前的行动全然没有什么区别。她的年龄老了，但她却不知自己已老，她的动作还是与年轻时一样。跑起楼梯来一阵风似的。

他也不是全然与世隔绝。

他的院子外面经常有旅游团光顾。

旅游团要到达他无尽庄园的大门需要开过一条长达二千五百米的车道，车道两边是高耸入云的树，树下种着一溜的绣球，绣球的品种都为无尽夏。这也是无尽庄园的名字由来。树与绣球有着足够的距离使得绣球既能获得阳光，又不会太晒，恰恰符合绣球的生长环境。正是六月。

绣球都开放了。蓝色居多，还有粉些，紫色，红色。

所以旅游团来参观他别墅的外面倒主要不是为了亲眼见证这个已经暮年的高科技知名人士的传奇。而是主要为了看这条壮观的无尽夏的无尽之路。在开放共享世界能享受这么大的隐私是成功的象征。但这个成功与无尽夏的无尽之路比起来就要逊色了。据说，这个无尽夏之花路的长度已经成了世界纪录。

这个尘世的人们仍然还是对名利有追求，就象夜晚来临，当你注视这个星空时，你依然会首先把目光投向最亮的那颗星。

无尽夏一棵就能开得繁花团团，更何况二公里半之长的花道。

不光是旅游者，有不少年轻人站在这两堵二公里半长的花墙前面拍婚纱照。

好在他的别墅的大门离房子够远，围墙够高，隔开了外面的世界，外面的世界可以很凶险，他经历过见识过那些险恶，现在让那道墙围出一个世外桃源。甚至连那些吵闹都不再打扰到他。那些吵闹，如果他能听见，无外乎这些:“这是星步城间火箭运行公司的创始人吴行健的别墅，叫无尽庄园。”“原来的首富，现在隐居以后他的家族的财富仍然保持在前五名里浮动。”“他现在与一只二十五岁了的猫和一匹三十岁了的马生活在一起。”

那只老猫与老马也都有了它们的故事。经过喜欢八卦的人们的捕风捉影及添油加醋，那个老猫与老马也都充满了传奇。甚至有人说这只猫与马都已经成了精，能幻化成人。有人甚至声称在无尽夏的绣球花树下就看到过那只老猫幻化成的人形，是一个三十来岁的男子模样。

无外乎这些传奇。

他已经不需要这些传奇了。

他很老了，有些事情越来越想不清楚。他拼命想要想清楚，但记忆却逃他而去。但童年的记忆却反而比以前任何时候还要清晰。他甚至能轻易地看到他跟着母亲报名幼儿园的情形。那时候，在Z国江南的那个城市上幼儿园也要进行考核的，那天他正感冒，嗓子哑着，考核的一项是数数，看能不能数到十以上。而他那时已经确信自己掌握了数数的技能，能一直一直地数下去，几百，几千，几万……一直数下去都不在话下，所以即使哑着嗓子也不愿意错过这个炫耀的机会，但等他才数到一百多，老师就怜惜地拍了拍他的头说："不用数下去了，嗓子都哑了。"他还记得自己那种因为不能显示技能而略略遗憾失望的心情。

他想起五叔及大伯，想起自己的父母，想起那些先他而去的生命。现在他的生命也在末期，他已经九十九岁了。而回想小时候的事情似乎依然都发生在昨天。

这个星球的人的寿命真是短促。那怕他拥有整个帝国也改变不了命运的彼岸的到来。

人间的名和利他都得着了。人间的荣华富贵他都经历过了。

现在他将要面对的只有最后一个人生目的地，那就是死亡。

但他还是不甘心就此离开。相对于他的年龄，他还显年轻健康。他还在等待，等待一个答案，等待一个消息。

在终点没有真正到来之前，他仍然保持着一颗开放的心，保持着一切皆有可能的积极态度。这也是他获得成功的一个重要因素。

而现在他的不愿离去还有更现实的意义，他的女儿醒来了，他还想与她拥有更多的时光。更重要的是，他要保护她。

他正在给吴崔西讲途五十年来世界发生的种种变化，虽是过去了五十年，但很多事很多人讲起来却只有寥寥几句就可讲完。正讲到她妈妈夏照走前说要把她的魂叫回来，然后听到一声巨响，外面的一棵森天的黑核桃树倒了下来，随后倾盆的大雨就在他们无尽庄园的上空倒了下来。这时，他们似乎听到屋外什么地方隐隐又传来一声巨响，因为他们在地下室，不是很肯定这巨响声是否存在。就在他们稍稍定神倾听分辨之时，吴行健得到了他的曾孙女进入庄园的提示。他赶紧让吴崔西独自呆着，也适应一下她所在的环境，那是在他住宅的地下室里最隐密的一间房间。而他自已则快步步出地下室，来到了会客厅。吴崔西的醒来的消息在他还没有决定可以让什么人知道之前不能让任何人知道。

他的曾孙女吴尽进来了，给他带来了一只龟。

吴尽和她爸爸吴勉他们才从复活岛回来。当然是搭趁他们星步火箭回来的。从复活岛到他的无尽庄园，趁坐星步火箭仅需短短的半小时。而如坐飞机的话得要十二个小时。

因为他们的星步城间火箭运行公司的研究发明，这个星球才真正地变成了村。去任何地方都不会超过一个小时。

“太爷爷，送你一只老龟。”未见人，就已经听到吴尽清脆的声音。

“怎么你一有什么老动物都想着往我这儿送？是不是把我这儿当养老院了？”老人的语气既像是抱怨，实质却是一种亲昵。

老猫是吴尽送的，老马也是吴尽送给他的。现在又送来一只老龟。

“这次却是爸爸叫我送来的。”吴尽吐了吐舌头，“他说这个龟有点奇怪，用他公司发明的年龄测试仪显示它已经一万岁了。”

她看了看吴行健惊奇的表情，更加得意地说：“这还不是最神奇的地方呢，爸爸说，从它的生命症状分析，它还处于青年期呢。”

“不会是仪器有故障吧？哪里找到的龟？”老人心里动了一下，想起了吴崔西。仪器倘在测试阶段未投入使用。出错的可能性很大。

这个仪器的研发是吴行健孙子即吴尽的爸爸吴勉“生命行动”科研的一部分，“生命行动”的主要目的是如何延长人的寿命。目前已经有点眉目。这也是他在等待的消息。科研的前景和预期是把人的寿命延长一倍，但目前只能做到延长十岁。

如果人的寿命能达到二百岁，那吴行健现在的年龄就还是中年。

当然，这个研究项目看来吴行健是来不及用上了，他已经老了。但他没有放弃希望。

“当然在复活岛啊。”

“你们怎么把一只野生的动物随便从复活岛带走？应该让它呆在它该呆的地方。人老了恋旧，龟老了也是这样的吧。”

“它自己爬到我们火箭的。我们正准备从复活岛回来，发现这个龟就在火箭入口处，也不知道是怎么爬上来的，我们当时来不及把它再带下去......”

正说到这儿，听到门口有人拜访的提示。

今天奇怪的事频频发生啊。老人心想。难道都是因为吴崔西醒来这件事引来的？老人的警觉心突起。

吴行健已经闭门谢客，隐退老宅。所以即使有那么多的旅游团在他无尽庄园外面频频到此一游，但真真来叩门的很少。

一般有人来叩门吴行健也不会去开门的。

但传给他的信息列出的拜访人的一个特征却让吴行健做出了迎客的决定。

吴行健别墅的保安系统除了给予了他来访人的特征，人像，刚新加了“生命行动”的年龄测试仪。所以不光根据保安系统给予的头像人像视频能判断人的年龄，还可以用年龄测试仪根据生长特点判断实际的年龄。一方面是实测这个倘在测试阶段的仪器。另一方面也确实是为他的安全着想。

比如一个年轻力壮的人如果化妆成老年人的样子来拜访一定会有隐患危险存在。更何况现在有一些仿制人已经能模仿得如同真人一样惟妙惟肖，如果这类仿制人被别有用心的人模仿成他的亲人来见他，那肯定是会带来极大的危险。但仿制人无论怎样仿制逼真毕竟是机器，在生命行动的年龄测试仪中就会显出原形，因为他们的生命年龄值显示会是零。

装了这个测试仪后，其实却很少用。因为老人现在很少见人。见的人一般又都是熟人亲人。

但这次显示出来的数据却让他非常不安：监控系统看上去一个二十四五岁的年轻人，但年龄测试仪却显示已经一万九千岁了。

先是来一只据称一万岁的龟，这又来一个一万九千岁的人。吴崔西以二十五岁的模样醒来。莫非世界要大变？

测试仪两度出错？或者测试仪受到什么天体异象的干扰？不能排除这些可能，毕竟这只是个尚处于测试阶段的仪器。

吴行健向空气中嗅了嗅，仿佛嗅到了什么不寻常的气息。

他的鼻子一向很灵，他的成功归于努力和运气是一个方面。另一个方面就是靠他的嗅觉。

他有一个很特殊的举动，在做一个事件的决定前，或者对于举棋不定下一部如何进行时，他就会用鼻子嗅一嗅。

外部只知道他有时有鼻翼扇动的小动作。而不知道这其实是他在闻空气中透露的信息。

世界上不同的事件发生肯定也造成了空气中看不见的波的不同程度的扭曲，一只蝴蝶翅膀的扇动能带来太平洋的风暴。

他不认为这是特异功能，而是一种直觉。多年来经验的积累和对事物的敏感度造成了他这种习惯。里面是对事物本相惊人的洞察力。即使是特异功能，也没什么了不起的。有造化的高僧大德到了一定境界，都会有一些神通，什么他心通，天眼通，行足通等等。而他这个与那些真正的神通相比根本不及一提。

比如，他能通过嗅觉感知一个人是单身还是有家庭的。他能通过嗅觉感知危险的存在。他第一次对自己这个能力的确信是七岁时坐公共汽车，那时候，江南的那个城市刚刚有了去外婆家的公共汽车站头。喜欢尝新的母亲让他独自一人坐共公汽车去外婆家。上车后他突然觉得在空气中闻到什么令人不安的气息，于是他在最近的一站就下了车，结果那车子在他下车后不久就爆炸了。还好，车上人很少，只有一个人受了重伤，二个人受了轻伤。但从此让他对自己的预感心生重视。

他的嗅觉并不是每次都是准确的。但奇怪的是，他年轻越大，准确率却越高。

吴尽看到他鼻翼扇动，神色凝重。知道来的人一定是个让太爷爷不能掉以轻心的人。她从父母及爷爷奶奶那儿已经知道好多太爷爷的特异功能故事。

她的态度也谨慎起来，同时她的好奇性被吊了起来。

她还年轻，正对一切事物都处于好奇的阶段中，而太爷爷的特异功能她都只是听说，从未曾真正见识过。现在也有点迫不及待地想见识一下。

于是她自告奋勇亲自去开门。为了是想近距离观察这个年轻人怎么就能引起太爷爷的好奇和警觉。

但她一点都看不出。

分明是一个面容英俊的比她大二三岁左右的年轻人。

年轻人很宽厚地对她一笑。（宽厚，吴尽惊讶地在心里掂量了一下这个词，这个词好像不适用于一个年轻人，但这却是她对他的第一个印象，第一个心里想起的词。）

“吴行健老先生还有这么一位漂亮不俗的曾孙女啊。”年轻人由衷地赞叹一声。

吴尽脸红了。心里却是喜滋滋的，年轻女孩子谁会不喜欢夸自己漂亮的。更何况夸她的还是个英俊的年轻人。

吴尽鹅蛋脸，有一双吴家遗传下来的浓眉大眼，再加遗传自她妈妈的一张大嘴，使得她温婉的脸形自带有一种英气，不似小家碧玉而更像敢作敢为的大家闺秀，带着自信的张扬，那种张扬却又被满脸谦光很好地压制了下来，只能隐隐望见，就像被烟雨笼罩的山峦。使得二十二岁的年轻模样不能一览无余，而需细细寻味才行。

“叫我吴尽好了。”

“吴尽，无尽，这名字好。我叫王一。”

“好俗的名字。”吴尽心里这么想着，脸上也浮出了好笑的神情。

“怎么，觉得我名字俗？我倒不觉得，九九归一，一生二，二生三，三生万物，一可是一个非常重要的数字，是一切的始也是一切的终。这名字可是很有东方哲理呢。”王一却好像已经看透吴尽心里想法。

吴尽吐了一下舌头。不敢再多言语，赶紧把王一往院里让。

院里也有一个西式的花园。象外面一样，也是种了很多无尽夏。六月，正是花开的时候。院中的无尽夏却只有一种颜色：蓝。繁繁重重的蓝色的大花把院子打扮得甚是漂亮梦幻。

“无尽夏，多么好的意头。”王一自言自语了一下，“你的名字也是出自于此吧？”王一虽然是发问的语气，但却是了然于胸的样子。

“你是怎么知道的？”吴尽不禁好奇。这个年轻人好像有对一切都了解的神情，但他分明只有二十四五岁的样子，这个反差让吴尽突然心里生出一丝诡异。

“我只是猜测。那么你还有一个妹妹叫吴夏对吧？”王一如此解释并未消减吴尽心头的疑惑。

“是呀。”吴尽惊讶地答，心想：“他怎么就这么确定是妹妹而不是弟弟呢？”虽然心生困惑，却还是老实地回答着。

吴尽学太爷爷用鼻子吸了吸。她似乎也闻到了一种不寻常的东西。

# 五. 物归原主

“不知王一先生来此有何贵干。”互相介绍完后，吴行健开门见山就问。

王一也一点都不拖泥带水：“我来取回我的乌龟。”

“你的乌龟？这么说来你也是从复活岛来的？”

“正是。”

“你如何证明这只乌龟是你的？”

“它的足掌下有一颗红色的斑点。”

吴行健翻开乌龟的足掌一看，果然有一颗米粒大小的小红点。

“拿走吧。”吴行健并不多言。不管吴尽在旁边怎么使眼色示意不能让他就这么轻易地拿走了。

王一却也不多话。拿起乌龟对吴尽点头示了一下意。又对吴行健说了一声“打扰了。”就走了。

吴尽等王一走出门外，就急着表示不能随便把乌龟送给他，更何况这是一只奇特的乌龟。

“你从复活岛回来后在别处有逗留吗？”吴行健问。

“没有，我直接下来火箭就来找你了。”

“复活岛我们的城间火箭除了你们这个班次接下来最近的班次是什么时候。”

“中间间隔有半小时。”

“可你进来还不到十分钟，那人就找上门来了。而据我所知从复活岛到这儿只有我们星步火箭独家的火箭。那么那人是通过什么交通工具来的？”

吴尽惊住了。

他们家族是目前唯一一家这个星球内部城间运行的火箭运行商。这也是他们财富积累的源泉。怎么可能还有一家跟他们差不多速度的运输工具。

“也许他本来就住在附近，是受在复活岛的人委托过来的。”吴尽很聪明地提出一个猜测。

吴行健先是赞许地冲吴尽微笑了一下，他曾孙女的心思确实跑得够快的，但他接着说：“他不是说了嘛，他是从复活岛过来的。”吴行健听到王一说是来取回乌龟时，早就心思很敏捷地已经想到了这一点。所以他问“这么说来你也是从复活岛来的？”这是一个重要的信息。如果来者说的是真话，那就是已经排除他住在附近，是受人委托过来的。

“可是太爷爷你为什么当时不多问他几句，让他自己告诉你他是怎么过来的不就行了。”吴尽还在为太爷爷这么快就决定把龟还给人家而不解。

“我怀疑他不是一般的人。年龄测试器测出他的年纪有一万九千岁。”

“怎么可能？他明明也就二十四五岁的样子。”

“所以我立即放他走。因为如果仪器没出错，我没有能力对付这样的人。如果他有恶意，多留他一分钟就多一分钟危险。如果他没有恶意，那更是没必要这么快显示对他的猜疑。而且既然他知道我们星步火箭是城间唯一火箭运行商，所以他肯定知道我们最终会对他如何过来这一点生疑，而他偏偏还是承认是从复活岛过来的。这里面包含了太多信息了。我当时没法判断这是一个什么样的局面。”

吴尽没想到王一来到太爷爷住所，只进行了那么一句简短的对话，就已经显示出问题的严重性。小小的心里不免大大震动。脸上露出了惧怕的神情。

“没事，兵来将挡，水来土掩。”老人神情镇定，他经历过太多事情，对这个星球上的人来说，除了生死，没有什么大事。而他的年龄已经摆明与这件生死大事很近了，他虽然恋生，因为吴崔西醒来了，他还要帮她办妥一些事情。但也正是因为她醒了，他可以放下了最后一件牵挂，他现在可以放心地去天国找夏照并亲自告诉她这个消息了。

“你尽快与你爸爸联系上，让他尽快做年龄测试仪的检验，看看有没有什么出错的可能。仪器出错最好。否则......”老人走到窗前，看着远处悠闲地吃着草的老马，心下一片茫然。

他儿子与孙子生命行动公司的科研小组正在研究人的生命能不能突破二百岁。但在短短的一个片刻，却让他看到了万年的龟和万年的人。

这说明什么？

难道我们这个星球上确实存在着有着万岁寿命的世界？难道是外星来客？

吴行健虽然不信邪，但对外星人的猜测也并没有轻轻地放下。

因为他自己就是七十多年前在东方Z国的国家天文台硕士毕业的。他想起自己最初选择天文学，就是想寻找外星人。开学第一天，他迫不及待地问他的指导老师胡教授的第一个问题就是："胡教授，你说这个宇宙中除了我们人类还有没有外星人？"

胡教授那时六十多岁了，南方出生，面相儒雅，戴着一副黑框眼睛，和蔼可亲，有着南方人不多见的高大身架，用一口浓郁得化不开的南方普通话回答说："什么外星人，你们是来做科学研究的，不要七想八想那些不着边际的事。只有科幻小说家才会关心有没有外星人这种事。"

吴行健的寻找外星人的梦想第一天就受到了挫败，这也造成了他硕士毕业后没有继续从事天文研究工作。

而那些天文班的同学们，随着当年的出国大潮，大多陆陆续续地出国了。在国外，学天文的不好找工作，出国的同学们又或者因为生存压力，或者因为兴趣不再，都不再继续搞天文研究了。同届的同学里只有他的二个好朋友朱尽夏和杜浩留在了Z国，现在的东方世界。杜浩是他们那界天文班的同学中唯一一个一辈子都留在国家天文台做天文研究的人。

同学们都老了，有的已经故去。得益于人类寿命的延长，他的那两个好朋友倒是都还活着。不过健康状况都很差了。杜浩必须坐轮椅了。朱尽夏有各种各样的老年病。

杜浩一直在继续搞天文研究，而朱尽夏则一毕业就去了一家互联网公司工作，她兴趣广泛，好奇心强，人聪明，做什么都能做得像模像样。除了在互联网公司工作外，她又涉及了好几个国计民生甚至文艺方面的领域，包括房地产，教育，财金，文学，艺术等等。吴行健有时候打趣她："你这是要把这个星球所有的领域都学一遍涉足一遍吗？"而朱尽夏则回说："活到老学到老嘛，还好学海无涯，否则如何得以了此平生呢？"

吴行健最近一次与朱尽夏联系时，朱尽夏说她正在学针灸。还建议吴行健每天敲胆经，每天按摩劳宫穴，百会穴，太溪穴，地机穴，以保持神志清明，不会得老年痴呆症。还让他每天从太冲穴朝行间穴按摩一百下以消肝火，还说百病由气生，肝火太旺就会成为致病的气。吴行健说这么多穴位谁记得住啊。她就说：循经而行离穴不离经即可。还教他一些简易的找穴位的办法，比如手指合拢作握拳状，中指落在手掌那条横贯掌心的情感线上的那个点就是心包经的劳宫穴，劳宫穴嘛顾名思义就是人劳累了要去宫里休息，所以这个穴位是用来安神的，人紧张时或睡不着的时候赶紧按按劳宫穴就好了。还说自从她自学了针灸和按摩，她的老年病开始都有好转。

朱尽夏比吴行健大一岁，她已经一百岁了。看来，她真的是想把这个星球的所有知识都学上一遍才罢休，而且只要她决心学，吴行健知道她一定都能学得很好。人都说吴行健聪明，但吴行健心里知道朱尽夏比他聪明多了。只是她容易对一件事情厌烦。一件事情当她知道如何把它做好时，她就开始厌倦，开始觉得再做下去没什么意义了，兴趣就要转向了，要把时间重点放在别的她还不会的领域了。她说，唯一一个是因为她觉得尽此余生都不可能学好而放弃的领域是天文。“与天文相比，人生太短了，我不想把太短的生命消耗在一个无尽的领域。”她说。

因为这样那样种种原因，吴行健同届的六个天文班研究生的同学，就只有杜浩硕果仅存做了一辈子的天文研究。吴行健虽然没有做天文研究，但所创立的星步公司至少还与航天有关，没离天文太远。

不过不管他们都最后做了什么行业，最后他们都在走向或已经走向同一条归途。这是这个星球所有有情众生唯一的一条归途。

吴行健从对外星来客的猜想遥遥地想起了他的天文班的同学们，这时，又把思绪拉回到了神秘来客的别的可能性上。

是不是那龟和人都是竞争对手故意派来的专门来干扰年龄测试仪？这个可能性也不可忽视。所以目前尽快需要确定年龄测试仪是否准确，有没有可能受什么干扰因素干扰。

是不是陆景生率领的团队在生命广度的拓展研究上

有新的突破？很可能这不明来客就是那边派来的，来设置什么干扰因素。

吴行健对陆景生不算陌生。他的妻子夏照与陆景生的妻子唐竟以前曾是同一个吃喝团的朋友，有时候大聚会时会邀请家属参加，他曾在这类大聚会上碰到过同去赴宴的陆景生，也曾与他略略聊上几句。他很忙，很少参加此类聚会，所以与陆景生的交往基本只是点头之交。可惜陆景生的妻子去世得早，而且因为他女儿吴崔西是在他的公司昏迷的，夏照从此对陆景生心生忌讳，不愿再与陆家有任何往来，吃喝团也解散了，从那以后就没再见过他。想来陆景生也是九十上下的人了。听说他的儿子在他妻子唐竟去世后不久被送回 Z 国，由他儿子的外祖父母养育着，自此就生活在东方世界了。

他的老朋友朱尽夏的儿子朱则刚现在也在东方世界做类似吴天悯和吴勉他们公司的延长寿命的研究项目。从研究项目的性质上来说，可算是吴天悯和吴勉公司的直接竞争对手。但他却排除了与朱则刚公司的相关性。一来是他对朱尽夏的儿子很信任，二来是虽然从研究项目上来说，朱则刚公司与他儿子孙子的生命动力公司是直接竞争对手，但因为一个在东方世界，一个在西方世界，而现在东方世界西方世界虽然开始没有那么泾渭分明，对立明显了，但基本上还是各管各，合作和竞争都还是很少。

所以如果是与竞争对手相关的话，应该还是陆景生的公司可疑性更大些。

但吴行健还是对于王一是如何从复活岛这么快就能

到达他的住处这事很疑惑，是不是真的趁了飞碟等外星飞行器过来的？不过这事也难不倒他，他只要问一下那个仍然在东方世界搞天文研究的同学和好友杜浩，问一下有没有什么 UFO 在这个时间段出现在无尽庄园附近即可。

# 六. 天文班的同学

那天注定是个不安定的一天。

吴尽走后，吴行健就与原来的天文班同学杜浩视频联系。

杜浩照例坐在轮椅上，他很瘦，支棱着一头乱蓬蓬的白发，脸着带着一副他一惯的倔强。轮椅上架有他工作和交流需要的各种器材。

杜浩虽然已经退休，但仍然被返聘为东方世界原 Z 国国家天文台他原先服务的射电天文组的顾问。

吴行健说："不知你们天文台昨天和今天有没有在我住处附近检测到什么不明飞行物？"

杜浩很简短干脆地回答了一声："没有。"

杜浩早习惯吴行健的每次探问。倒不是说吴行健信不过西方世界天文台的报道，一方面是因为西方天文台有时会延迟把这类消息透露给媒体，以免引起大众的不安。另一方面也是吴行健的习惯，而且刚好也趁这种机会保持与老同学和老朋友的联系。

吴行健心里一沉。有的话，至少还可以有一个解释。但没有的话，就无法解释王一是怎么过来的了。

杜浩说："如果我们射电天文组检测到在你住处附近有不明飞行物的话，作为同学和好友，即使你不打视频电话来，我也会跟你预先打个招呼的。因为就怕因此影响你们的星步火箭运行公司的生意。目前而言如果真有不明飞行物出现，而且排除其它可能，那么只可能有两个来源：一个是外星，另一个是另一家类似于你们星步火箭的竞争产品。所以我肯定会在消息见诸媒体之前跟你打个招呼的。尤其是在发生在你住处附近。"

吴行健一想，是这个道理，这么做完全符合杜浩的为人和性格。

"杜浩，我这边碰到一件事，这件事有太多蹊跷，如果真有不明飞行物出现倒是还好，没有的话......"

"怎么了，听你口气好像被不明飞行物拜访倒是不必惊奇的事情。没被拜访怎么反而更加让你吃惊。"杜浩向来脾气大，脾气急，这时嗓门很大地打断了吴行健的话。

"如果有一个不明来历的人在很短的时间内从远方来拜访你，而且不知道他是怎么来的，是不是比知道他是趁了不明飞行物UFO来的更可怕？而且那个不明来历的人还有名有姓。"

"哦，这么说来，你见到了你们星步公司的竞争对手。

他们比你们更厉害，因为他们的飞行器可以不被我们检测到。那你说他有名有姓是什么意思，难道他应该无名无姓吗？”

“杜浩，如果他只是我们的竞争对手，倒还好。我们技不如人，我们认输便是了。更何况我们已经独霸这个领域这么多年，也该出现一个竞争对手了。但这件事，我怕是比竞争对手更要复杂。你还记得我们当年进国家天文台的时候都对找外星人抱有幻想。这次怕是真的是外星人找上我们了。”

“什么什么，你怀疑你见到了外星人，可是你刚刚还说有名有姓？”

“是啊，如果一个外星人，长一副这个星球人的模样，而且有名有姓岂不是一件很奇怪的事？但我恐怕这事只能是这个解释了。没想到我们离开这个星球之前，真的要与外星人打一下交道了。”

“别逗了，吴行健。哪有这么巧的事，外星人偏偏谁都不去找，就去找了你。要找，也来找我啊。你别跟我说，你还跟外星人聊天了。”

“不光聊天了，他还向我要回去了一个龟，一个有着一万年寿命的老龟。”

“你没事吧，吴行健。你说的我越来越不懂了。”

吴行健于是把今天见到王一的经过与杜浩说了一下。

一惯自信的杜浩渐渐地萎靡下去。他的一生都在用射电望远镜捕捉外星的信息。他最有名的成就就是二十年前，捕捉到来自外星有节奏的信息，解析放大后，信息象一首韵律单调重复且悲伤的小曲。这在当年引起了极大的轰动。

但这个研究最后也因为种种原因不了了之。

而现在吴行健却告诉他，他碰到了一个有一万多岁年纪的外星人，有名有姓，就在我们这个星球。而且东方西方天文台都没有检测到他们的踪迹。

这让他毕生的研究都成了灰。

不知是不是这事给了杜浩打击，第二天，杜浩的儿子通告吴行健他于当天晚上突发心脏病去世了。

杜浩一方面年岁已高，杜浩和朱尽夏一样都比吴行健大一岁，已经是百岁老人了。另一方面，行动不便已经有一些年份了。所以亲人们对于他突然的死亡无疑是欣慰多于悲伤。活到高寿，死前没有备受折磨很快离去，这是东方所谓的好死了。

但好死不如赖活着，再怎么的好死，都不如继续活着来得有盼头。更何况人类的寿命是如此之短。人类是贪婪的。

没人理解吴行健对杜浩之死的悲伤。即使吴行健的儿子和孙子把延长寿命的方法开发出来，还是无法阻挡中途病死的命运。

杜浩已经是东方科学家中走得很远的人了，是东方世界科学院的院士。该说是一个有成就的人生了。但他的死也只是象一粒微尘飘落地面。普遍大众都只关心着自己的柴米油盐酱醋，谁也不曾真正关心在新闻的角落有对他死亡的报道。相对于芸芸众生，他也只是微尘众的一员而已。

他像很多科学家，虽然死后也引起了一些小范围的关注和哀悼，但终究成就不够被普通大众所认知，所以他们的死就象一块石头掉进了河水，只在小范围内造成了涟漪，然后河水又恢复了平静，就象什么事都没发生过一样。

亲人或余悲，他人亦已歌。杜浩的一生与许多人相比算是圆满的完成了。但也不过如此。

不过如此。吴行健轻轻念叨着这句话。心想，也许这也刚好是自己人生的结局。不会比杜浩好多少。或许更差还说不定。活的岁数可能会比他长一些，但谁知道会不会有他那样的好死呢，会不会要受尽折磨才会离世。

谁都掌握不了自己最终的结局。吴行健一生秉持“诸恶莫作，众善奉行”和“积善之家，必有余庆”信念处世行事。后来更因为受他的妻子夏照的影响，积极地参与各方面的慈善项目。虽然他没有像夏照自吴崔西昏迷后一样吃素，但尽量做到吃肉只吃佛教中所说的三净肉，即：眼不见杀，耳不闻杀，不为已杀。

但积善之家，真的都有余庆吗？这也许是宇宙运行规则，也可能只是尘世间的一个美好愿望罢了。与有没有外星人一样，是个无解的谜。

而往后的日子，吴行健永远都没想到，他经历了那么多年的风风雨雨，克服了多少人生的苦难，一辈子自强不息才取得的成功，但在他人生的最后几年却才会碰到生命中真正的血雨腥风。

吴天悯和吴勉那边传来的消息不知是好消息还是坏消息：他们的年龄测试仪证明在超过一定岁数后就不能判

断是否准确，因为他们只能拿它来测试这个星球不多的超过一百二十岁人和动物样例，超过一百二十岁后的数据已经很少，数据少就没法判断测试的结果是否正确。也许它是不准确的但也许它是准确的。模棱两可的结论等于没有结论。因为这个星球没有其它的样本可以测试超过一万岁的动物和人，所以对于这个乌龟和王一年龄的准确性就没有确实答案。

“没有确切答案就把它当作是测试不准确。”吴天悯和吴勉都这样劝他。

他们两个唯物主义者是不相信世界上的那些传得神乎其神的怪事的。即使是怪事，也只是一时不能解释的正常现象。就象古代人不懂得天为什么天会下雨会打雷，而演化出了雨神和雷公雷婆的传说。

吴行健没有告诉他们吴崔西醒来的消息，更没有告诉他们她的容貌依然保持不变这件事。这么多年来，吴天悯和吴勉已经不再过问吴崔西的消息，没有消息就是好消息，就说明她依然活着。所以一个陌生人和一只乌龟的年龄这个小小的怪事没有引起吴天悯和吴勉更多的联想，他们很快就把这事放在一边了。就像晴天出去，突然就在他们的头上下起了雨，前后左右都没雨，他们也会诧异一下，这朵雨云怎么这么小这么巧，偏偏只洒了一点雨在他们头上，而周围都晴空万里不见一丝乌云一滴雨星。但诧异了不到一分钟，他们就把这事接受成理所当然：这朵云偏偏就是这么巧，也偏偏就是那么小，它下的雨偏偏就只够洒到他一个人的身上。而过了一分钟，他们的注意力就被其它事所分散，被他们当天要做的工作，或者家里发生的事，或者路上发生的事所占据，或者他们开始只专注走脚下走的路了。这个小小的怪事就被忘记在脑海里。而如果他们再次碰到这种事，他们已经藏匿于无意识中的记忆会被呼醒过来，记起以前也曾发生过那么一次，那他们就更理然当然地把它归结为一个自然现象，正常现象。一件事情如果只发生一次，那确实怪，是个奇点，但如果再发生一次，那就不被算作怪现象了，而要把它当作正常现象。

如果人真的仔细观察发生在身边的事，其实每一件都挺怪的。一颗种子由种子而成长一棵草一棵树一株菜不怪吗？一个人能想像我们是从一个受精卵长成的吗？人能想像我们与猪猫狗鸡在胚胎发育过程中绝大部分过程都是相似的吗？每一朵花每一片花瓣不怪吗？甚至你去观察每一片叶子的脉络，连那一条条脉络的走向纹理都是一条条奇迹。人的每一个部分，小到头发，指甲，如果你仔细观察，哪一部分不是奇迹？这个世界其实就是处处充满奇迹的世界。只是发生的次数多了，我们习惯了，我们都把它当作理所当然，当作正常现象而已。

而吴行健不一样，他那天经历了太多怪事，有些怪事对他很重要，是发生在他生命中最重要的人身上，是重中之重。这一系列的怪事就把他的警惕心提得足够高，以至于他不能轻易地放下。

# 七．葬礼

人的真正成熟要到经历过一些人生的惨痛才能到达。某一天，当发现在新闻媒体上报道的新闻都有可能是发生在你身边的人时，甚至可能就发生在你自己身上时，你才会发现你所体会的日常的幸福都只是假象，是无常。都不是理所当然的。都可能会突然地失去。

成年的过程就是失去的过程。失去童年，失去青春，失去爱情，失去健康，失去亲人，最后的一步就是最终也失去了自己。

一场葬礼就可能是一个成人礼。

而鲁颜东的一生更是一场又一场一次又一次的失去。

正因为他从小习惯了失去，所以他尽其所能地攫取所有能攫取的东西。

他从来不知道知足是何物。

他现在也已经不再年轻。六十岁了。已经参加过很多场葬礼。

这次的葬礼则是他的至亲，他的前不久还在世的唯一的亲人，他的父亲鲁帆风。

他的父亲鲁帆风出生在远东的Y国，又从远东的一个国家逃难到另一个远东的国家，最后到达西方M国。他的祖母叫包文图，在战争时期，从东方Z国的一个乡村为了逃避战火的入侵，逃难到远东的Y国。他的父亲鲁帆风曾经说过：人家都是逃难到安全的国家，下南洋或者去经济发达的国家，在新的没有战乱的国家安定下来后渐渐地扎根发芽发达起来，而他的母亲（鲁颜东的祖母包文图）却是从一个战乱的国家逃难到另一个战乱的国家，每况愈下。要是知道逃去的国家也将成为一个战乱的国家，还不如就一直在Z国的乡村呆着呢。那个乡村后来却是逐渐发达起来，发展成为一个经济繁荣的小城市。

他的祖母在Y国遇到了他的祖父鲁止戈，生下了他的父亲。他的祖母比他祖父大，证件上显示是大六岁，但据说实际上大十岁都不止。他的祖父是当地华人，开了一个小商铺，但是西方M国的间谍。后来战争开始了，商铺被当地人抢劫，人也被人开枪打死了。他的祖母虽然一直都想躲避战争，但好像战争却一直追着她，怎样也避不开。命运催使她颠沛流离于一个又一个战乱的国家，直到逃到最后那个战乱的远东国家L国时，她累了，不想再逃了，准备听天由命。

她说：有选择就是自由，没有选择则是命运。人总是追求自由，可最终都是逃不过命运。她为了自由而一再逃难，最后却终于不想再做选择，而是把选择权交给了命运。但在他父亲鲁帆风的衣服上缝上金条，让他跟着蛇头走，先逃难到另一个暂时安全的远东国家，又转辗着逃到另一个西方国家，最终到达他祖父服务的西方国家 M 国。他的父亲以难民身份在 M 国定居了下来，在 M 国上的高中，刚到 M 国时他一点英语都不懂，靠着几本字典总算高中毕了业，找到了一份餐馆工作。后来与在那个餐馆服务员中的一个华裔女孩结了婚，生下了他。

他的母亲二十多年前一场大病夺去了她的性命。他的父亲坚持叶落归根，回到了他祖母包文图的故乡。

鲁颜东为了节省开支，先在社区大学读了二年书后，靠着奖学金又转读一个知名大学，大学毕业后，工作了几年，凭着自己的聪明才智考上了知名大学的遗传学学科攻读博士学位并获得了丰厚的奖学金，凭着那笔丰厚的奖学金从那所知名的大学博士毕业后就在那个大学任教，是遗传领域的顶级人才。

但学术上的成功未能弥补他一生一直来的缺失。他至今未婚。有人猜测他是同性恋。但他也没有同性伴侣。他好像是一个无性人。天然缺乏作为一个人的情欲。

但他的成功欲却又比谁都强烈。挑战的都是很多生物学家避讳的课题。

比如他的实验室就有克隆人的器官：心脏，肝，脾，大腿，小腿......甚至还有谣传他正在尝试克隆人的大脑。

媒体把他塑造成科学怪人，而这正是他所需要的。

因为其怪，才能以奇制胜，才能获得让所有人印象深刻的名声。世界上人太多，人人都想出名，没有一点奇招，要出名真是比中彩票还要难。

只要能出名就好。臭名昭著也好，盛名昭世也好，都是名声。

这是鲁颜东心底里的真实的想法，也是他心底的秘密。

父亲这个他唯一在世的亲人就要去世，他本来都不想回去的。他对人情向来淡漠。但他父亲说他有一个秘密要告诉他，有关他的身世，要他无论如何都要回去一趟。这个秘密才是促成他回东方世界的动机。另外一个目的，才是最重要的，也是最不可对外人言的。外人只知道他的这趟东方之旅是看望病危父亲，并恰好随后参加了他父亲的葬礼。

他的身世已经够离奇的了。还有什么可以比这更离奇？父亲要告诉的究竟是什么秘密？科学家的好奇性压过了他对人情的淡漠。促使他回了一趟东方世界。

鲁帆风已经垂垂老矣。其实从年龄上来说，还不算太老，九十岁而已。但他的样子却已经是老得风化了的模样。脸上全是皱纹，瘦得只剩皮包骨头。背驼着，腿已经无法行走。

想当年，他可是从一个又一个远东的国家再到一个又一个西方国家一路逃难过来的。逃难路上的各种风险他都经历过了，各种恶劣的环境都过来了，各种没顶的恐惧都经受住了。仗着一副好身体，一路闯过了各种生死关。而现在，那个曾经愤世嫉俗的他，饱受苦难的他，在这个世界像一溜青烟就要消失。

值得么？来这个世上一遭。这么辛苦，这么奔波，又得到了什么？

可是鲁帆风现在却是心满意足的。

回到母亲包文图的故乡是他最满意的一个决定。他这一生，毕竟做对了一件事。他的晚年无疑是开心的。

当地政府把他当稀罕物和标杆，因为一个西方人最终决定回到他母亲的故乡，在一个小城终老这是小城政绩最好的宣传。所以鲁帆风第一次被人当作重要人物养了起来。给予各种优惠政策和照顾，是他在西方世界所不可能得到的。

鲁帆风虽然已经不会说他母亲包文图故乡的语言了，但他所在的养老院专门给他配了一个翻译，吃穿住行都由政府供养，养老院给他配有专科的医生也有普通门诊的医生。

本来，他也不想把秘密留给儿子。但因为他现在生活突然安定起来，所以又开始对人世间充满一些期望。所以像普通的俗人，不愿把秘密跟随他带到坟墓。

他知道自己的时间指日可待了。他已经好几次出现幻觉，看到他的父母亲来接迎他。所以他把儿子叫了回来。

他要向儿子交待他的身世来历。

其实他家不姓鲁，原来是应该姓吴的。

鲁帆风的爸爸鲁止戈一直来以为自己姓鲁，是他的养父鲁高一等他十八岁时才告诉他的，鲁高一告诉鲁止戈，他的爸爸本名叫吴志勇。

原来，鲁止戈是个弃儿，那家姓吴的人家他的妈妈生下三胞胎，二个男一女，因为他家那时已经有六个儿子，只想要个女儿，而且生下当时恰逢 Z 国的困难时期，很多人挨饿，三个孩子同时养可能养不活，就把鲁帆风的爸爸鲁止戈送人了。送给了一个军人当儿子。鲁高一那时是个普通军人，膝下无子无女，军人在那时地位比较高，有定粮至少能保证活下去。鲁止戈的亲生妈妈也不能说不爱他，在送人之前确实是做了一番考察的，而不是随便就送走了他，而且送的时候也与鲁高一约定，如果他家不能保证让止戈吃饱饭的话，他们是再困难也要再把他接回去的，吴家不穷，中等家庭，比上不足比下有余，只是在这个特定的全国性的困难时期特定的生了三胞胎的情况下一段暂时的困难时期而已。如果鲁家不能保证让止戈吃饱饭，那吴家肯定是要把止戈要回去，他们自己撑一撑，说不定也就撑过去了。鲁高一怕止戈的亲生父母到时又把他要回去，刚好有个机会他们军队派驻去远东 Y 国，他在 Y 国后脱离了军人身份，从此就在 Y 国安顿下来了。

鲁帆风的爸爸鲁止戈成人后一直郁郁寡欢。被遗弃的孩子心里都有一个空洞。特别是在重男轻女的年代，留下了女儿，却遗弃了儿子。这个事实更是给他造成了自卑的个性。

鲁止戈虽然天性聪明，学习成绩很好，但养父鲁高一一早就让他弃学打工。

他用仅有的零钱买过荣格的《超越自卑》，企图拯救自己，但却终究沉迷于酒中醉生梦死。鲁帆风的出生曾给他带来希望。商铺的良好发展一度也给他家带来了安稳小康的生活，但他最终还是失败了，败给了无常的命运。谁知道那个国家后来会变得那么动乱呢？商铺没保住，他也失去了性命。

他曾不想告诉鲁帆风他的真实身世，但终于在临死前不想把这个沉重的包袱带到彼岸，告诉了鲁帆风他身世的来龙去脉。

而鲁帆风也本想把此秘密带走，但生命中神秘的力量却告诉他要让鲁颜东去寻找自己的根。现在他已经快要接近“我到哪里去”的目的地，他不想让鲁颜东失去知道“我从哪里来”这个人生三大终极话题中的一个的机会。

出于爱，他把这个秘密隐藏了很多年，也是出于爱，他要把这个秘密告诉鲁颜东。

告诉完鲁颜东秘密后，他说：“我要休息了。”这次原来才是真正的长眠。

鲁帆风预知死时。他一生卑微，却达到了好些高僧大德所达不到的来去自由的高度。

鲁颜东也被他父亲的死震动了。

他一直认为死是无常。来去无踪，不可预测。

而鲁帆风却可以说走就走。如此从容，如此潇洒，真的视死如归。

鲁颜东无情的心里也掀起了些许波澜。

没想到这次来，他不光得悉了自己的身世秘密。更是得到了为父亲送终的机会。

鲁帆风的葬礼本来是会更简单一些的，但因为他在西方世界的儿子在，养老院也趁机做广告。因为他的父亲是放弃在西方生活叶落归根到他祖母的故土的，这个举动赋予了他父亲一些崇高的光彩。

他不光得到了好死，还得到了好葬。

鲁颜东却反而象个外人，他甚至走错了追思会的会场。那儿正在进行杜浩的葬礼。他与来参加杜浩葬礼的吴行健打了一个照面。

当然鲁颜东当时绝没想到就是这个吴行健与他有着共同的祖先，说起来，他应该叫吴行健伯伯，吴行健的爸爸叫吴止凡，正是鲁止戈真正的兄弟，而吴志勇才是吴止凡与鲁止戈（其实应该叫吴止戈）的共同父亲。

鲁颜东后来想起，这可能也是鲁帆风在冥冥之中的安排。在他的葬礼上，让他的儿子有机会与他的亲人相见。

但他却要到很晚才知道这个真相。

# 八. 复制人

鲁颜东其实这时已经在邪道上走了很远。他独身不假，但其实他并不是真正的独身。

他用自己的体细胞复制了两个一模一样的自己。

他给他们取名叫鲁颜忆和鲁颜尔。

复制人也是由生到长的，不是一出生就已经长大了。

他为了把他们养大，为了保守这个秘密化了很多心机。

那个时候，克隆的技术已经很高深了。但克隆人一直是禁忌的领域。

因为克隆人涉及到很多伦理问题。

而且在西方世界仿制动物和仿制人都已经到了可以以假乱真的程度，有的人为了纪念自己去世的宠物和故人，就会定制一个仿制宠物和仿制人，虽然从外观看几乎跟真的没区别，也会有象真的宠物和人一样的说话，动作和反应，但毕竟仿制宠物和仿制人都仍然是机器人的范畴。它们的情感都不是真的，是程序写成，由一个个程序块构成，由数据拟合而成。人类虽然仍然可以对它们投入感情，但心里也知道它们只是物而已，而不是有情众生，是没有生命和真实情感的。

克隆的动物则不一样，它们有血肉，有情感，贪生怕死，除了寿命比正常出生的动物短些，病症比正常出生的动物多些，与一般的有情众生别无两致。

所以随着仿生技术的越来越发达，为了克隆动物的寿命、生命质量和福利着想，也为了（可能是主要为了）仿生技术的进一步市场化，连克隆动物都已经开始在西方世界被慢慢禁止了。仿生技术越发达，动物福利运动就越激烈。甚至有些动物园也都被禁止关禁和展示野生动物了，说是把野生动物关在动物园里是野生动物的耻辱，太残酷，太不人道主义，而只能以仿生动物来替代那些高智商的野生动物如猩猩老虎等。曾经有个动物园园长讽刺那些推动动物福利运动的人说：“你们那么关心动物福利，要做的第一件事是把你们餐桌上的动物肉食都撤去，能做到这一步才能来与我谈野生动物被关禁和被展示的羞辱问题。”结果就被动物福利运动的人们给告上法庭，不胜骚扰，最后被迫辞职，听说后来逃去东方世界去生活了。有些动物园为了避免动物福利运动最后运动到他们头上，干脆早早就把动物园全部改造成了仿生动物园，远远看去，一种种动物一样不缺，成群的羊在吃草，孤独的虎在徘徊虎啸，长颈鹿在远眺，猴子们在逗乐......其实里面的动物没有一个是真的，都是仿生动物。

更何况克隆人，那是一个绝对不可触碰的禁区。

但他还是利用职务之便及自己科学家的身份暗地里克隆了二个自己。

那时那两个自己都还处于八岁的阶段。他知道他们的寿命短暂。

而人类的寿命已经延长，他的两个克隆孩子都很可能比他还要早去世。如果他们不会比他走得早的话，他也会在走前把他们一起带走，不在这个星球留下后患。

克隆人既然不在人的统计数字中，那么对他们的毁灭也应该不在人的统计范围内。

但他看着越来越可爱的两个他小时候的自己，知道自己到时是无论如何都下不了手的。

他有点开始了解母爱。

母亲冒着巨大的生命危险把一条生命带到世上，又经过种种困难把他们养大成人，他们的孩子是她们最大的付出，那些付出也决定了她们对他们只有牺牲。牺牲自己的时间，自己的快乐，自己的前程去成全他们的人生。

他现在也有点母亲的感觉了。突然觉得他们会早早的去世真相很残酷，而他走时把他们一起带走的想法更是残忍，他怎么会有这般残忍的想法？那可是他亲手养育起来的孩子。特别是当他亲自给他们取了名字的那一瞬间。

不行，他要让他们都拥有象人类一样的寿命。他要让他们都象正常人一样生活。

即使达不到，也要让他们高效地享受和经历一个正常的人所能经历的一切，他要让他们像普通人一样拥有丰富的人生，甚至要比普通人更丰富。

还有什么比让他们拥有好几个人生的经历更棒的。

他的两个克隆人的存在，促使他去找到能让他们经历更多人的人生的经历和拥有更长寿命的技术和项目。

他知道目前关于研究生命长度和广度的公司在西方世界分别有吴天悯和吴勉的公司以及陆景生的公司。所以他必须探寻两边公司看能不能从中让他的两个克隆孩子得益。如果一个人能经历很多个人生，那岂不是等同于活了好几辈子。如果鲁颜东能让他的两个克隆自己都用上那两个公司的研究成果，那就能让他们拥有更好的生命。

而在东方世界据他了解有朱则刚的公司也在研究如何延长生命的长度。所以他也在找机会去一趟东方世界，去朱则刚的公司了解一下。

# 九．真实的人生

没想到就在鲁颜东正在想方设法了解接触那几个公司时，有人说他能向他提供真实的人生数据库。

那个人声称他叫王一。

王一怎么会有如此真实的人生数据库？

鲁颜东之所以断定他是真实的，是他问王一：有没有类似乔布斯那样的人生样例。

王一说："我可以提供真实的乔布斯人生样例。"

最开始他以为王一是从乔布斯的人物传记及以往的媒体报道模拟出来的。

王一看出他的疑虑，说："你可以自己试一下，只试一分钟，这样你可以知道是真的还是假的。"王一叫他闭上眼睛，好象在他的头上给他戴上一个什么仪器，一分钟后摘下它。问他说："你现在相信了吗？"

鲁颜东相信了。因为在那一分钟，他根本就觉得自己就是乔布斯而不是他自己，摘下仪器后，他还怔怔了半晌，就像突然从一个人换成了另一个人似的。就像他自己的灵魂有那么一分钟突然空了，而被乔布斯的灵魂占据，一分钟后乔布斯的灵魂才重新被赶走，由他自己的灵魂占据了他自己的身躯。有那么一瞬间，他的身躯甚至不能适应自己的灵魂，而需要有一阵子的调适。

王一如何得到这些真实数据的？

鲁颜东不禁害怕起来。

王一好像储藏了人的灵魂，而且不止一个，不止名人，他甚至怀疑他储藏了所有这个星球的人的灵魂。

王一是谁？

他好像比自己更象魔鬼。

魔鬼在更大的魔鬼前战栗了。但即使战栗着，他也不愿意放弃与王一打交道的机会。他有什么可失去的？现在，只要有人能给予他的两个克隆孩子更长久或更广阔的生命，他甚至可以把自己的灵魂也卖给他。

# 十. 朱尽夏

鲁颜东一直关注着吴勉和吴天悯的公司。也关注着在东方世界的朱则刚的公司。所以当他接到父亲要他速回的信息并在决定要回东方世界去见他父亲时，心里当下已经有了计较，刚好可以借此机会去探听了一下朱则刚公司的科研进展。这世界上的任何事情都大不过鲁颜忆和鲁颜尔的前程。所以他的任何一个行动都要掂量一下是否有助于解决他们的前程问题，有就去，没有就不去。

但他不知道吴家还发生了一件更大的事，那件事甚至与鲁颜忆和鲁颜尔的前程有更大的关联。

那件大事促使吴行健也要从西方世界去一趟东方世界。

鲁颜东虽然不知道吴家发生了一件更大的事，但却发现吴行健要去找的人恰恰也是朱则刚。

其实确切地说，吴行健要去找的人是朱则刚的母亲朱尽夏，但鲁颜东只关心朱则刚。

为什么要这么做？鲁颜东带着这个疑问来到了东方世界。当然名义上他是响应鲁帆风的召唤来看望他的父亲。而且没想到（其实心里也有所准备，因为鲁帆风的健康状况那时已经很差）接着还参加了父亲鲁帆风的葬礼。

而吴行健的名义上则是奔赴杜浩的葬礼。

所以读到这儿，大家可以猜测到鲁颜东与吴行健在杜浩的葬礼上邂逅，他是另有目的的。

所有的巧遇都只是预先的巧妙设计。只是神恰恰也需要他们有这么一次巧遇。当然把这个巧遇认为是鲁帆风冥冥中的安排也没有错。所有神的力量都要借助人的手才能实施于人。

杜浩的葬礼上，不光有吴行健，朱尽夏和她的儿子朱则刚还有朱则刚的养女顾欣儿都参加了。而朱则刚才是鲁颜东要遇见的那个人。只不过在命运的安排下，他恰恰也与他的亲人吴行健有了一次邂逅。

参加完杜浩的葬礼，朱则刚开车送顾欣儿去她的男朋友陆有松的妹妹陆有竹经营的“有竹缘院”孤儿园帮忙。顾欣儿那时候已经有了身孕，肚子明显很大，预产期就在下个月七月底。但她仍然没有停止所有计划中的工作和活动。甚至连参加葬礼这种需要避讳的事她都不避让。她的生性里有一种浑然天成的纯粹、简单、直接和天真。

朱则刚不知道当他参加完杜浩葬礼的时候，鲁颜东也已经参加完了他父亲鲁帆风的葬礼。去参加鲁帆风葬礼的人比参加杜浩葬礼的人少得多，所以鲁帆风的葬礼先于杜浩的葬礼结束。他没有径直回西方世界，而这时正跟在朱则刚的后面去有竹缘院。

朱则刚当然也不知道，当顾欣儿进入有竹缘院时，鲁颜东就没有再跟着他，而是很好奇地对有竹缘院进行了一番探察研究，原来有竹缘院的大多数孩子都是不明来处，被父母抛弃在有竹缘院门口的。入院后，会重新建立档案，甚至重新起名，有的甚至连生日都以入院的日子作为生日，出生的年份则是根据孩子发育情况作个粗略推测而定。

他更不知道，鲁颜东第二天去了他的研究所进行了一番调查，而调查的结果让鲁颜东失望。他认为朱则刚他们的生命研究中心的成果甚至还不如西方世界吴天悯和吴勉他们的生命动力公司。在得出在东方世界还没有他需要的研究成果后，鲁颜东才失望地返回了西方世界。

吴崔西被吴行健送回了东方世界。

在那里，吴行健以为不会有人探寻她的秘密，不会有人知道她，也不会有人知道她的真实年龄其实已经是七十六岁了。

但是，只要世界上有秘密，总少不了探寻秘密的人。

所有人做的事都有痕迹，只有神才能做到天衣无逢。

吴崔西来到东方世界，吴行健本来以为是神不知鬼不觉，其实已经有人盯上她了呢。

王一是其中一个，鲁颜东也是其中一个。只不过王一盯上的是吴崔西，而鲁颜东盯上的是吴行健把吴崔西托咐的人朱则刚。

吴行健把吴崔西托咐给了朱尽夏，并把吴崔西改名叫朱崔西，而朱尽夏的儿子朱则刚则是朱崔西名义上的父亲。

盯上朱崔西的王一探听过一个叫朱尽夏的老人，这个被托咐照顾朱崔西的人。但不知为何，他并没有去找朱尽夏。

而盯上朱则刚的鲁颜东也曾探听过一个叫朱尽夏的老人。这个吴崔西名义上的父亲朱则刚的母亲。但当他发现朱则刚那儿没有他需要的研究成果后，失望地回去了西方世界。

朱尽夏这个老人似乎对这般那般的探听都心有所感，了然在胸，而又对此均不以为然。

她照常生活，照常去包荒园绘画写生，种竹植被，与工人一起清理池塘，喂养锦鲤，照常让朱崔西跟着她练字练画拉家常。她像一个不知老之将至之人，每天如一日像正常健康人一样生活。

看她的样子，没人会相信她已经有各种老年病，多年来承受着各种痛苦。每天起床，她都要与自己的部件对对话："这条老腿，我知道你确实服务了很久，心有怨气，不情不愿，情有可愿，但再坚持一阵又能把你怎样了？""老胳膊，老朋友了，干嘛你也要学那老腿给我脸色看，好好儿的不行吗？"她就这样与自己的身体部件对着话，而身体的部件们也都勉为其难地为她继续工作着，虽然随时都是一副要摆工的样子。而她还是每天扛着这个病躯照样精神奕奕地正常生活着。

她最近自学了针灸按摩，每天按按这个穴位，灸灸那个穴位的，老年病好像被她治得好了七七八八。但毕竟各种病痛沉积太久，遗留下来的问题还是很多。

不过事情也真是好神奇，自从朱尽夏接受了照顾朱崔西的任务后，她的老年病都渐渐好转了。照她自己的说法是，因为她有了新的任务，所以照顾自己身体的任务就要靠后了。她也不与自己的身体对话了，因为没时间。身体自己知道现在不受重视，只得自己好起来了。

朱尽夏老人对各种事都有各种奇奇怪怪的解释。有时候都让人不由地不相信她可是做过天文研究工作的。她不像一个信奉科学的无神论者。她甚至对神道鬼怪都有研究。只要是奇奇怪怪的事情，没有一样朱尽夏不曾有过了解的。她相信狐仙树精这类荒诞不经的事。她说："世界很大嘛，我们人只是一个渺小的存在，大自然有很多奥秘是不为我们人所知道的。谁能说狐和树不能成精嘛，也许它们的智慧比我们人类更深也说不定。我们看到的听到的感受到的意识到的也许只是虚幻，只是从我们自己的角度看到的一个假相，我们看到的与一棵树一朵花一株草一只猫一只狗看到的是不一样的世界。更何况我们每个人看到的同一件事同一个物也是不一样的。那我们看到的世界不是假相还是什么？"

她甚至有时候去佛庙和佛教弟子们一起打坐念经。

她不是一个佛教徒，她也不信仰任何一个宗教，但她对所有宗教都有兴趣了解，她尊重所有有宗教信仰的人，但她的内心更倾向于佛教，在她看来，这是一个追求众生平等及和平的宗教，是非常具有现代性的。佛教对整个世界的起源有一整套的解释。一切事情都有因缘，有因必有果。是一个因果世界。她认为这是对世界解释得最好且自洽的宗教。而且佛教也是唯一一个对智慧有着最高追求的宗教，它不搞个人崇拜，追求个体的修行和觉悟。这也符合她的科学素养。她读很多佛经，她说："谁说佛教避世，佛经里体现的可是最积极最具烟火气的人间，体现了人世间最宝贵的精气神。观音菩萨的大慈，文殊菩萨的大智，普贤菩萨的大行，地藏菩萨的大愿，慈智行愿，不就是天地间的浩然正气嘛。佛经的唱念中，我听到的都是最和平安乐的活在当下。"但她没有皈依佛教，她怕一旦皈依可能反成为人生的枷锁，从而失去一部分的自由，她珍惜自由如同珍惜她的生命。

她说，对佛教也要一分为二地看，佛教精华很多，但不能说没有糟粕，读佛经也要取其精华弃其糟粕。她的心里是对佛教的糟粕部分是有研究和计较的。比如在佛教的十大经典当中，很多地方"不邪淫"是写作"不淫"的。她觉得"不邪淫"或许是后人翻译时刻意修改的，原始的可能全部都是"不淫"，那就是不作爱。但如果人人都做到"不淫"，也就没有人类的存在了。那么在这个星球的有情众生中也就没有了人类这个种类，也就没有一个个的个体。也就不会有佛经了。所以有的佛教经典里刻意地把它改成了"不邪淫"。但当有人问她有哪些糟粕时，她却不肯告诉人家，怕影响了人家的信仰。

“还是机缘未到。”她最后总会长叹一声。却是用佛教的理论来解释她未皈依佛教一事。她有时像是一本百科全书，什么都懂，而比较缺乏的一门反而像是科学。

她每天起来，雷打不动的第一件事就是练书法。

朱崔西问她：“每天都要练吗？”

“对啊，不练怎么行。三天不练手就生了。”

朱尽夏的自律和习惯对朱崔西是个启发。如果每天保持着一个习惯，每天都有一件事情必须要做，那漫漫的人生路是不是就没那么难熬了？再说艺术无止境，对于艺术而言，再长的人生也达不到艺术的至美。只要活在世上一天，不管发生什么事情，从容地每天坚持做每天该做的事，每天做一件跟艺术有关的事，每天都当作新的一天，是不是这就是保持人生持续往前走的最好的过程？

朱崔西开始跟着朱尽夏写书法和学画画。朱尽夏说书法不是一朝一夕可练就的，必须持之以恒。但画画却只要掌握技巧，最初的进步会很明显。

朱尽夏首先让朱崔西画的是花鸟和山水。笔法上如何勾、皴、擦、点、染，笔锋上如何用中锋、逆锋、散锋、拖锋，行笔上如何提、按、顿、挫，墨色上如何用浓、淡、干、湿、焦都一一作耐心说解示范。

朱崔西生性聪明，又好像天生有艺术素养，所以虽然从来没学过水墨画，但一上手就已经能画出让朱尽夏都赞叹不已的花鸟和山水来。特别是写意墨荷，朱尽夏说她画得大气洒脱，彼有大师的风范了。

# 十一．东方世界

千年的古城墙上，一个大约二十五岁的女子和一个大概五十多岁的女士，靠着城墙正在激烈地交谈着辩论着。

年轻的叫崔西，年老的叫葛灵洁。

古城墙高约二十米，宽约十米，由长方形的大青砖彻铺而成，岁月给大青砖蒙上了一层淡淡的忧郁的灰色，这是这个星球保存下来的最长最完整的古城墙。虽然千年过去了，因为种种自然的损坏人为的破坏和新开发，已经有一部分城墙已经永久缺失消失，但留下来的部分仍然还有二十多公里之长。古城墙的左右两边都有大湖，左边湖的前方是两座黛色的山，浮光略影，古城墙、山和水构成了一幅水墨画，富有诗情画意。

只听得葛灵洁说：“明天你一定不能再来看陆先生的演出了。”

“为什么不能？”

“陆先生已经在生命的最后阶段，我不想他再有什么感情冲动。你这样做是在害他。”

“什么话？我去看演出本来就是为了支持陆先生。现场除了我一个年轻人，还有谁这么年轻还在听陆先生和您的越剧的。都是一群老人。要不是您儿子请我来，说想在陆先生离世之前，知道越剧还是有年轻人喜欢的，是有希望的，而且在这种希望的激励下，他的身体说不定还能康复，要不是您儿子的女朋友是顾欣儿，我的好朋友，我才不会去听呢。”

崔西去看戏剧其实还有一个原因：朱尽夏也希望她能借此接触更多的人并扩大她的社交圈子。不过崔西不清楚葛灵洁是不是与朱尽夏熟悉，怕提到朱尽夏又得交代一番谁是朱尽夏，她与朱尽夏是什么关系等等附带的问题。所以只拿葛灵洁最熟悉的那些人来论理。

“你不用狡辩，我看你是在听他唱戏时爱上陆先生了，否则为什么露出那种热切倾慕的目光。你这样子对陆先生身体康复是没有好处的，你走吧，不要来听了。”

“我偏不走，您儿子请我来我就来，您想让我走，我就走？我是那种呼之即来挥之即去的人吗？”

“求求你，我只有一个陆先生。”

“好吧，既然您都用了一个‘求’字，那我就不管陆先生了，好像他那么稀罕儿似的，好像我要害他性命似的。本来他的健康就不关我的事，我只是出于好心，被您儿子说动，才来听您们唱戏，我知道他唱得好，但我对越剧不了解，在我听来，我觉得您倒是比他唱得更好呢。说我爱上他更是荒唐，他都这么老了病了，再有才又能怎样？说起来，他本来就与我无关。我这就走。但是如果我是您，陆先生已经在人世的最后阶段，有个年轻听众，即使是个年轻爱慕者难道不是一件好事吗？就算你要吃醋，也不应该在这个时候吃醋啊。说到底，您还是自私的。算了，不多说了，我这就走了。”

崔西义无反顾地就要走，她所说的都是实情，也确实只是在听戏时装出很专注很热切有兴趣的样子而已。年轻的心觉得为了救人必须这么做，但没想到却被葛灵洁误会了。既然如此，又何必浪费自己的时间。

葛灵洁听到崔西说她自私时，震动了一下，眼里竟泛出泪光。叫住了崔西：“听你这么说，我明白了。那明天还是恳求你继续来听陆先生的戏吧。”脸上竟也露出恳求的意思。

崔西那时候已经在朱尽夏老人的帮助下，开始了在东方世界的新生活。

朱尽夏说：“你只要把自己当作刚毕业，刚来到一个陌生的城市，没有一个朋友，在一个人都不认识的城市开始一段新的工作生活即可。给点时间，把心态放平和，充满期待，你的朋友你的生活都会一点一点重新建立起来的。我们都是这么过来的嘛。”

朱尽夏有这样的经验，她现在正把这个经验用于崔西的身上。

她还记得她当年刚去国家天文台读研究生时，也是对那个大城市一点都不认识，没有一个亲人在那个大城市，也没有一个朋友，那是一个完全陌生的城市，从来没有去过。她投奔那个大城市的敲门砖只有一张录取通知书。与崔西刚到东方世界时的情形没有什么区别，甚至比她还要糟糕些。至少吴行健把崔西托给了她照顾，崔西至少有一个可以算得上亲人的人在东方世界。她那时候在那个大城市真的可以说是孑然一身。但在那儿读了三年研究生以后，她就对那个城市了如指掌，她知道哪里有好吃的，哪儿有好玩的，哪儿时尚的衣物。她游遍了那个大城市有名的无名的风景，看过了很多热门的电影，吃遍了附近的餐馆和路边的小吃。有了很多朋友，有了很好的同学。她与那些同学虽然后来都天各一方，但建立的友谊跨越了她以后的整个人生。其中就包括吴行健。她的世界就是这样扩大开来了。

不过当朱尽夏再次思考她自己那时去那个陌生的大城市与崔西来东方世界的状况相比较时，她又有了新的论断：崔西的状况比她那时候还要糟糕。

因为朱尽夏虽然刚到那个大城市时可以说是孑然一身，但她以前的那些社交网络都未断裂。她与以前的同学，朋友与亲人们依然保持着联系，或书信或电话。特别是她有一个很好的朋友，是从出生就认识的，她经常会打电话来与她聊天。所以她既未脱离以前的那些关系，也有重新建立新的人际关系的基础、信心和经验。

而崔西是完全脱离了以前的朋友和亲人，再加上她的特殊状况，与这个世界上所有人都有不一样的时间，她被西方世界抛弃在五十年前，又来到陌生的东方世界，全然不一样和陌生这个现实对她更是严酷，更让她感到孤立和疏离。想到这儿，朱尽夏对于崔西抱着很大的同情。所以她想方设法竭尽全力去帮她。

让崔西去看戏剧，让崔西与儿子朱则刚的养女顾欣儿交朋友，都是朱尽夏一点一滴地在帮助崔西建立起人与人的连接。一个接点连接另一个接点，接点之间又互相连接互相呼应，像织网一样慢慢地织开来，社交网络慢慢地铺开来，崔西就不必只能活在自世界里了。

也是朱尽夏的主意，她把原来包荒园的工人们都又请回来工作了。

原来吴行健为了保护崔西的隐私，把他们都已经解雇了。

朱尽夏说："九十九间半房的园林对崔西来说太大了，如果没有那些工人，那这个园林对她来说就是牢笼。从风水上来说，也大不吉，大的宅园需要足够的人气。如果没有足够的人气，那园林就成了各种精灵鬼怪的住处，阴气就会太重，不利于人的健康。以前的园林都是一大家族几代人一起生活的，再加上照顾他们的佣人保姆，照顾园艺的工人，以及管理整个园林财务和物业等的管家，所以九十九间半房是很容易形成一个小社会，很容易充满人间烟火的。你现在把整个园林就让崔西一个人住，她还年轻，不像我们行将就木的老人只喜欢清净，更何况她突然从一个曾经有自己朋友圈和社交圈的环境到了一个没人认识的陌生的环境，如果你再把这么个孤独的园林给她，实际上只会害了她。”

在朱尽夏和崔西自己的努力下，她已经开始适应东方并且已经有了自己的社交圈子自己的朋友。最好的地方是，东方世界的时间是滞留的，它的环境与她生活的五十年前的环境差不多少。不像西方世界，这五十年来已经有了天翻地覆的变化。如果她生活在西方世界，她肯定有一种被时光抛弃的感觉，而在东方世界，时光就像还徘徊在五十年前的样子。她开始适应东方世界后，她的人生就开始像盛夏一样丰茂起来。

正因为她的人生已经足够丰茂，也就不再计较葛灵洁前后矛盾的要求，当下答应不光去听，还要去找几个年轻人来一起去听。

崔西果然找了几个年轻女子，包括顾欣儿。顾欣儿临产期很快就要到了，不过顾欣儿从不娇气，她仍然如常进行着的日常工作。而且她说这个时候让她肚中的孩子进行一番戏剧胎教可能能起到事半功倍的效果。于是，几个心善的年轻女子，被崔西一鼓动，竟然都齐齐去听了陆觅云先生和葛灵洁女士的越剧演出。

陆觅云一般只唱了几句就没力气唱下去了。但那些老人都只为了听他唱几句。现在听越剧的人越发少了，没想到居然见到有几个年轻人来听，都感到很稀奇。

陆觅云的目光热切地看着崔西，崔西赶忙又装出一副很认真专注倾听的样子，和身边那些年轻人一起叫着好。陆觅云突然低下了眼去，退了下去，幕布拉拢，他跟幕后的人说了些什么。幕布再次拉开，再上来就是演出越剧《何文秀》算命片段了。陆觅云演何文秀，葛灵洁演王兰英。

只听得何文秀唱：“清早起来出了城，要劝慰我妻王兰英。白布招牌手中拿，“善观气色”写分明。急急行来不留停，九里桑园叫算命。”

王兰英唱：“耳听声声叫算命，想起我夫何官人。我看他平日毫无夭寿相，为什么年纪轻轻丧了命？难道面相看不准？难道命脉里早注定？”

何文秀唱：命中好来命中坏，生死关煞各分明。算得准来再付钱，算不准来不要银。

王兰英唱：既然先生算得灵，叫他来替我官人算算命。家道贫穷日难度，哪有银钱来算命？

何文秀唱：声声高叫无人应，不见杨家有动静。难道兰英未听见，难道家中无有人？我想起了杨家家道贫，莫非是无有银钱来算命？我本是京都出来王先生，特到海宁扬扬名。大户人家叫算命，命金要收五两银；中等人家叫算命，待茶待饭待点心；贫穷人家叫算命，不要银子半毫分。倘若家中有小儿，先生还要送礼金。倒贴铜钿廿四文，送给小儿买糕饼。

……

王兰英唱：我那屈死短命的——官人，夫啊！

何文秀唱：耳听娘子哭悲声，文秀心中实不忍。怎奈不敢露真情，夫妻权当陌路人。我只能借着算命暗相劝，宽慰娘子莫伤心。

何文秀白：啊呀，妈妈！此命还好啊，是还好！

何文秀唱：幸亏又逢贵人星，贵人相救得重生。十八过去十九春，独占青龙交好运。今年正当二十一，金榜得中做公卿。目下夫妻可相会，破镜重圆得欢庆。妈妈！你们休得不相信，我此命算来一定准。他命中实在不该死，目今还在世上存。

……

葛灵洁的唱功台风一点都不逊色于陆觅云。在崔西看来，比陆觅云还更好呢，字正腔圆，情感真挚。而陆觅云与葛灵洁一起投入唱《何文秀》，让人想起来以前的爱情，很古远时候的忠贞不二的爱情。陆觅云的目光再也没投向崔西，而是锁定在葛灵洁的身上。全场人为之动容，崔西也第一次感受到了戏剧之美，甚至爱情的美好。

唱了这一出，陆觅云明显体力不支。与葛灵洁一起下去了。幕后的人上来报料：这是陆觅云先生最后一次演出，从明天起就他不会再出演，但葛灵洁女士还会继续来唱越剧。接下来的时间，他会专心投入到治病中去。生死有命，不劳大家牵挂。

崔西略有惆怅，她刚刚才体会越剧之美，刚刚享受了助人之乐，却要结束了。

但年轻的心又足够轻盈，她很快就把陆觅云和葛灵洁忘了。

葛灵洁却知道发生了什么：陆先生在与崔西的目光接触中已经爱上了崔西，她才不是吃崔西的醋呢，凭她这么多年的人生经验，凭她作为女性的第六感觉，她当然知道崔西只是在装作专注地听和喝彩。而且当她郑重其事地约崔西在古城墙相见时，只见她还带了一个写生的画架来，说明她根本不知道葛灵洁要与她谈什么，也根本没有把她约她谈的事当一回事，只想着与她谈完后顺便在湖光水色之上的古城墙上写个生。倒让葛灵洁为自己郑重其事反复推敲而定的约谈地点感到有点脸红了。那个朱崔西也不知道怎么回事，脸上有一种曾经沧海难为水，除却巫山不为云的懒散。听顾欣儿说朱崔西是顾欣儿养父朱则刚从西方世界回来不久的女儿。说不定是她在西方世界感情受挫才想到来东方世界找她父亲处散心呢。就是说嘛，朱则刚登登样样的一个人怎么会没有个爱人呢，看来，是他的老婆（估计是前妻）怀着他的孩子时去了西方世界，后来再没相见，现在他的孩子回来找他来了。葛灵洁以她丰富的想像力替朱崔西的来历补上了合情合理的一笔。这么一想，她更不妒嫉崔西了，倒是有点同情她了。真要与年轻女子争男人，作为中年女人的自己先天就处于劣势，更何况年轻貌美如朱崔西。她叹了一口气，自己也不是没年轻美貌过，她当然知道年轻貌美所具有的天然杀伤力。她是在吃陆觅云的醋。她没想到陆先生爱了自己一辈子，到头来，在生命最后阶段，居然会爱上一个听戏的陌生的年轻女子。

但为了陆先生的健康，她克服了自己的嫉妒，自己的自私。

你永远无法理解一个女人可以为别人牺牲的决心！有时候为了孩子，有时候为了爱人。女人才是世界上最强的无可征服的人种。

好在陆先生在最后阶段醒悟了过来，克制了他自己无故散发的爱慕之情。

葛灵洁理解了，所以她喜悦。

崔西却不能，所以她不理解为什么陆觅云先生怎么就说不唱就不唱了。

不是说视艺术为生命的吗？

崔西不光不能理解，她也一直不知道自己有着一种让男子很轻易爱上的魔力。这种魔力甚至连陆觅云都未能逃脱。

那时候，崔西还不知道陆觅云先生就是陆景生的儿子。因为陆景生在西方世界，她根本不知道他还有一个儿子，而且他的儿子在东方世界。

她来自西方世界，来自这个让西方世界东方世界能够很便捷来往的星步公司创始人的家庭。虽然星步公司可以让西方世界东方世界很方便的往来，但却由于习惯和生活信念不同，两个世界的人稀有往来。西方世界自认为是新世界，所以东方世界在西方世界又被称为旧世界。

西方世界和东方世界就这么荒诞在存在于这个星球上。

如果说，西方世界与东方世界有什么相同之处，那就是每个这个星球的人都只是短暂地在这个星球生活百来年，在死亡面前，这个星球人是平等的。

东方世界延续着西方世界五十年前的生活方式，已经与西方世界现在的生活方式迥异。西方世界机器人总统，电子支付，量子计算，可以住在地上也可以住在空中，交通路线地面高空都有，无人驾驶，城际火箭运行，人工智能高度发展，交通工具既可是交通工具也可是家，仿生技术广泛应用......但东方世界也不全与西方世界不同。至少和西方世界在人类生存最基本最需要的元素吃和穿上相比，没有太大区别。

在吃上，东方世界反而比西方世界来得丰富有机。民以食为天。在这个最重要的方面东方世界胜于西方世界，那怎能说东方世界比西方世界落后呢？

还有就是在人的寿命长短和天文研究发展阶段几乎没有什么区别。

从人的平均寿命来说，东方世界甚至比西方世界的平均寿命更长一些。

而在天文研究领域，不管科技多么发达，不管东方世界还是西方世界人类还处于尚幼小的时期。

所以西方世界自认为新世界而把东方世界称为旧世界从一定程度上来说只是体现了西方世界的自大罢了。

崔西虽然来自西方世界，但由于她在西方世界里被时光抛弃了五十年，所以她的生活方式和习惯与东方世界倒是更加贴近。一旦她的社交网络建立起来后，她很快就适应了在旧世界即东方世界的生活，并在其中如鱼得水。

吴行健因为崔西而庆幸在这个星球还有一个东方世界的存在，成了他女儿的庇护所。他也庆幸在东方世界生活着他的好朋友们。

他生性包容，就像他给他女儿的园林取的名字包荒园，他爱新世界，但也爱旧世界，所以他现在虽然住在新世界却也是住在新世界的荒野，是新世界中最接近旧世界之所在。

吴行健送给崔西一个江南园林作为住宅，为了不显现他女儿的名字，园林的归属是挂在朱尽夏名下。朱尽夏也出了一部分资金，尽管吴行健拒绝让她出资，但朱尽夏坚持要出，这样可以保证她在照顾和教育崔西方面有话语权。而且朱尽夏从小就喜欢江南园林，但因为她的房产投资比较分散，没有足够的资金来独自购买一个园林。现在刚好有吴行健来出个大头，她当然要顺势而为把握这个机会。

所以这个江南园林可以说是朱尽夏和朱崔西的共同家园。

朱尽夏虽然与大富们比起来财富上差得很远，但是她也算得上是一个小富。朱尽夏别看她一辈子做过很多行业，每个行业干不多久就心生厌烦，就想转行，但她很有理财的智慧。有不少出租房产归于她的名下，使得她很早就财务自由，一辈子都能随心所欲地活着。

她很早就认识到，要自由，很重要的一点是财务自由，财务自由可以保障其它一切的自由。

朱尽夏的财务自由可真的是来之不易。

她没有像她大多数的研究生同学们那样有一个好的家世。那时候读研究生的孩子一般不是出生于知识分子家庭就是比较有权势的家庭，特别是她读的研究生院是那时在 Z 国排名前三的研究生院。因为那时候大学和研究生院都非常不容易考上，而一般家庭的孩子如果能考上大学已经是家里祖坟冒青烟，家里都是希望他们快快大学毕业，赶紧挣钱，赶快自立，还读什么研究生院呢。

“你的初高中同学都已经为家里挣了好几年的钱了。”有的父母还会这么提醒他们，读个硕士意味着又要比大学毕业就工作的同学晚挣钱三年。

她真的是一步一步自我奋斗过来的。

朱尽夏出生于一个江南的农民家庭。当然，相比于那时别的地区的农民家庭，江南地区的农民家庭整体来说算是富有的，但那是她后来长大后看到其它地区农民家庭的贫穷状况，相比较后才知道的。她长大以后，看到有的农民家庭的生活水平甚至比她小时候的生活水平还要低很多，她才知道其实她小时候相比于全国其它的农民家庭已经过着富足的生活了。

小时候因为信息不通利，她的世界就局限在那个美丽的江南小镇。所以人与人的比较也都是局限在那个江南小镇。比较的参照物就是周围的邻居。

而那个小镇，人与人之间特别好攀比。

他们住的那个区，叫昌基头，是那个富裕的江南小镇历史上相对贫穷的区。古代就有传：“昌基头没楼。”因为那个小镇历史悠久，很多人家都是住着古代老式的木结构的二层楼房。而昌基头那个区则一个楼房都没有，都是平房。鄙视链从古代就已经传下来了。后来改革开放后，有需求的居民都分到了宅基地，居民们都开始建新楼房，结果轮到建不起新楼房，还只能住在老式楼房的人们成为小镇眼中的穷人了。

朱尽夏家就是最早建新楼房的那一拨人。朱尽夏记得在上她小学三年级的时候，她家就搬进了新楼房。

最早建新楼房也就意味着最早背负起了债务。人们形容贫穷有一句话叫“欠了一屁股债”。她家最早一批建楼房也就意味着最早一批“欠了一屁股债”。成了住着新楼房的穷人。

所以虽然她当时家里住着新楼房，吃穿住用都很充足，也有自行车，电风扇，缝纫机，家里的家俱与别人家家里比也一点都不差：八仙桌，传统的宁式大床和时兴的高低床，皮箱，大书桌，五斗橱，衣帽柜，樟木箱......一应俱全，但这个贫穷的感觉还是根深蒂固地留下来了。

有一种穷，叫做相对比于左邻右居而言的穷。

那时候，住在她家那片新楼房群里已经有很富的人家了，有一家做建筑承包的人家，家里已经有私家汽车，还在屋后专门买了套平房，平房的一间改造了用来做车库，平房的另一间用来放杂物，那是朱尽夏那些小孩们所能想像的最奢侈的事情了。那家人家里还有一架钢琴，女主人信基督教，常把钢琴提供给周末教会活动作无偿使用。另有一家，新楼房比一般人家的楼房都大，大了大概一倍，院子也大，是外镇人移进来后买的当地相邻的二套平房，拆了重建而成的楼房，楼房的样式、装修、大门都比一般人家的楼房要来得豪华气派，楼房的外墙里面虽然都象其它楼房一样是由青砖或红砖砌成后，再刷上一层混凝土，但那家在混凝土外又铺设上一层装饰用的大瓷砖。朱红大门下有几阶大理石台阶，大门两边是两头威严的石狮子。还有一些家里男女主人都是教师的楼房，他们与一般家庭的不同之处是他们会在院子里种些村民们所不常见不常种的花花草草。比如有一家老师家庭的院子里种有朱尽夏他们第一次见的含羞草，她与小朋友们用手指一点叶子，叶子就合拢起来并低下了头。那家的围墙下还种了爬藤蔷薇，围墙很高，爬藤蔷薇都从墙内爬出了墙外，把围墙的外墙也都爬满了，开花的时候，里外都是满满一堵花墙，开成了朱尽夏在想像中才会存在的世界。而一般的人家家里也就种些满堂红，时令花，木槿花等常见的花儿。还有一些在村委或镇里当官的人家，他们的家也会比一般的家庭要豪华一些，外墙也会用一层装饰瓷砖。除了那些家庭，左邻右舍其他家庭的状况其实都差不多，不过就是我家比你家早买一辆自行车，你家比他家多买一个唱片机，他家又比她家早装一个电话机而已。

朱尽夏记得后来她曾搬去一个很有名的富人区，她有一个邻居有一次跟她诉苦：“我们家穷，这个小区的孩子们过生日都不邀请我的孩子，我的孩子过得不快乐，我想搬家了。”

朱尽夏听了都快惊呆了：她的那个邻居两口子都做高薪工作，而且能买到这个区的房子本身就说明非富即贵，怎么她还会有穷的感觉？不过她很快反应过来了，因为她小时候也体会过这种穷的感受：这种穷叫做相对比于左邻右舍而言的穷。原来，穷和富都是看和谁作参照物。

有了这个经历以后，她很快就搬离了那个富人区，虽然她已经想明白了只要不比较就没有这些感受，但她不比较也怕别人私下里做比较，更何况这种攀比在小时候曾给她留下了阴影。

而那家邻居也真的很快搬离了那个区，听说他们的孩子搬离那个区后过得很快乐。

特别是到过年过节，朱尽夏父母因为不想别人上门来要债，都要早早给债权人送点礼，打一声招呼，让人不要过年过节的上门来要债。因为过年过节被人上门要债是一件非常不体面的事情。而她父母都是非常好面子的人。

过年过节亲戚送上门的礼物自家是绝对是吃不上的，都要转送出去。送给那些那怕只有一点点权力的人。这样父母的工作上生活上孩子们的学习上能得到一些方便。

印象最深刻的是看电视经历。朱尽夏大多数穷的感受就是因为电视机产生的。那时候那个江南小镇好多人家都已经有电视机了。但朱尽夏家却是到她上高中时才买。这个晚买的电视机让朱尽夏有了各种去邻居家或养路队蹭看电视的经历。既然是蹭，就说明没有决定权，最后看哪部电视剧都是由主人说了算，而不是由自己说了算的，有的主人家宽厚，会听取大家的意见，由大家来决定看哪个电视连续剧，甚至有的人家还会摆出瓜果小吃来，让来蹭看电视的大人小孩随意吃，但那也是因为那家主人有颗好客之心。蹭电视的经历让她明白了什么叫做不自由。也让她明白了其实有时候只要一点点充裕的金钱就能买到自由。其实她家倒也不是买不起电视，只要把还债的计划稍稍推迟一点就可以买了。但是非常懂事理的母亲每次想买前就嘀咕："如果不把买电视机的钱拿去还债而是去买了电视机，人家看到了会怎么想呢？人家会想这家人真不地道，有钱买电视却不把欠我们的债先还了。”当时，电视机还算是一件家里的奢侈品而不是必需品，而大多数欠下的债都是没有利息的，都是亲朋好友看在人情面子上借出的，很少一部分有利息的是会最早偿还掉。如果不尽早还债，可能最后拖到朋友亲人都做不成，人情和面子连同朋友都会一起失去，这在一个小镇中生活是不可想像的。祖祖辈辈都在同一个小镇生活，维持人情和面子是社交生活中的头等大事。所以就一直没买电视，直到朱尽夏读高一的时候，那时候欠的债只剩下欠最亲的亲人了：阿姨家，舅舅家这样的，他们不可能过年过节的来要债，才买了第一个黑白电视机。第二年换成彩色的电视机。第三年到朱尽夏读高三的时候，全部债务都还清了，才买了一个更大的彩色电视机。

免费的有时候是最贵的。因为这些没有利息的债造成的晚买的电视机，使得朱尽夏有了一个与邻居们最直接最直观的经济状况上的比较，让她很容易地得出“贫穷”这个最显明的结论。

如果朱尽夏的父母亲知道当时那个比左邻右舍晚买的电视机会给他们的孩子带来这么负面的感受的话，他们也肯定宁愿推迟一下还债的计划。但那时候的父母亲每天为生计奔波，哪里会有时间去这么细细体会孩子们的感受呢？生活的重担已经让他们只能埋头前行，无暇远眺。

我们的性格和命运就是这样被这一件件看似很小很不经意的小事塑造着，改变着。后来命运又反过来改变那一件件的小事在我们眼中的印象。

任何事情却又是两元的，既可能带来不好的影响，也可能带来好的影响。这件事虽然在朱尽夏的童年和青少年时期带来了负面的影响，使得她变得敏感内向害羞甚至自卑，但在朱尽夏后来的人生中却是起到了积极的意义：让她知道了贫穷和富有都是相对的，都只是心里的一个感受，一切都是唯心所造，所以要改变现状，都必须要从心出发去改变，这才是根本的改变。

心境转了看到的世界也就随着变了。也使得朱尽夏后来能很好地接受佛教中所说人生的幻相的概念。无我相，无人相，无众生相，无寿者相。一切有为法，都只是梦幻泡影，如露如电。其实当代人一般人的生活水平都已经超过了以前所有帝王。以前有空调有电风扇吗？有汽车有飞机吗？以前帝王要避暑只能去避暑山庄，只能坐着马车或轿子前往。以前帝王的宠妃要吃到荔枝，要跑死好几匹马，要无限耐心地翘首等待，远远看到一骑红尘，知道是荔枝来了，妃子就高兴得笑了起来。如杜牧诗中写的那样：“长安回望绣成堆，山顶千门次第开。一骑红尘妃子笑，无人知是荔枝来。”这就是妃子笑荔枝的由来。现在甚至在不是吃荔枝的季节都能轻易的买到荔枝。

但当代很多人还是觉得自己很穷，其实大多数情况只是他们心里感到穷而已。

就象那个让她曾感受到“贫穷”的小镇，等她心境转变后，才明白自己曾生活在历代皇帝都羡慕都喜欢游逛的烟雨江南，鱼米之乡。那儿有最宜人的气候，最美的风景，最丰富的食材，那儿的人们对时尚也紧跟潮流。只要附近的大城市流行什么，不到一个月，这个潮流就会传到这个江南小镇，然后满大街地就能看到姑娘们小伙子们都穿上了这个流行的妆扮。古代诗词中有很大一部分的诗词都是献给江南的。那首白居易赞美江南的“江南好，风景旧曾谙。日出江花红胜火，春来江水绿如蓝，能不忆江南?”的词人人皆知。《射雕英雄传》里就借了一个外地的算命先生的口说：你们生活在江南就是生活在天堂啊。可见从古到今，江南一直是一个富裕的地方。朱尽夏一直都想看看外面的世界，一生走过很多地方，但最后发现最美的地方其实还是她的故乡，那个她曾想逃离得越远越好的地方。

回想起来，朱尽夏的父母都很了不起了，到他们才四十几岁时，就已经没有任何债务，而且住着楼房，家里有当时时尚的家俱和交通工具，丰富的食材和时尚的衣服，有了很富足的吃穿住行的生活。后来的年轻人很多一辈子都要用来偿还房子贷款。但他们那时候已经达到了“无债一身轻”了。

债是没了，但他们的银行卡里一直没有什么存款，基本上一直在见底的线上上下浮动。因为他们接下来还要供朱尽夏和妹妹弟弟上学，供朱尽夏的姐姐自己开服装店做生意的本钱和出嫁的嫁妆。记得朱尽夏上大学一年级时，她爸爸说：“今年的生意做得好，可以给你姐办个风光的嫁妆了。”她的姐姐就是那年风光出嫁的。朱尽夏做了平生第一次伴娘。办完她姐姐的婚嫁后，银行的存款就又见底了。

她爸爸做过很多种的生意，虽然身为农民，但因为做农民挣不到什么钱，而且他们小镇的农民分到的地都很少，所以主业其实是靠做各种小生意撑起家的。他承包过公路建设，承包过渔塘，开过砖瓦厂，卖过牡蛎，淘过沙，收购过废铁，轧过煤，看过大门，做过会计。而她妈妈也做过很多工种：当过麻纺织厂的纺织女工，织过琉璃瓦布，绣过花，手工制作过旗袍的纽扣，管过机织羊毛衫机器，晒过海带。

记得朱尽夏刚上初中的时候，她家以前老房子的邻居，也是朱尽夏一个好朋友的爸爸不知怎么和别人在她面前提起了朱尽夏的妈妈：“她妈妈可厉害了，每天能挣十元钱，连一个十级正劳力的男人都挣不过她。”那是朱尽夏对她妈妈工资的最深刻的记忆，是从别人那儿得到的。后来想起来原来她的父母挣的钱一点都不少。其实她一直来对于他们挣多少钱是没有印象也没有概念，她只知道家里比起邻居们来说属于比较穷的，但父母对于他们的读书是无条件支持，有求必应。

也是在那年初一，他们学校来推销一款录音机。因为从初中开始学英语了，如果有一个录音机对于学英语帮助挺大的。那时候卖的录音机式样简单，黄色的外壳，上面一个提手，有点像方水壶倒过来把提手摆在上面的样子。他们班里买的人挺少的，毕竟还属于奢侈品，那个小镇也还没到能普遍买得起这个录音机的时候，而且也不是所有的家长会支持子女买一个生活上没什么用的玩意儿。但朱尽夏一向她爸爸提起后，她爸爸立即就支持她买，这成了她私人拥有的第一个奢侈品。

想起来，那时候她妈妈是在织琉璃瓦的布，而织这种布对身体健康是有损害的，因为布里有对身体不利的化学物质，而且纺织时纤维线上的小碎屑会随着尘土飞扬，容易呼吸到肺里。正因为是属于对身体有损害的行业，所以工资才比较高。他们就是这样竭尽全力，给每个孩子他们能给予的最好的生活，最好的支持，陪养他们，扶持他们。而他们自身的生活状况要到朱尽夏他们几个孩子都成家立业后才改变。

等朱尽夏他们几个孩子都长大后，他们就出资给父母建了一个更大的更好的新楼房，每年都会寄钱给父母。这种孝敬在那个江南小镇也是一个很普遍的现象。

这里面不仅仅只是孝敬父母这么简单。在那个江南小镇，到父母老时，谁能给父母一个更好的晚年生活也显示着谁家更成功更有实力。有的父母自己挣钱很多过着很好的老年生活但孩子却混得不好，他们是会羡慕像朱尽夏父母这样有儿女孝敬的老年生活的。这个江南的小镇一直有这种攀比的风气，从古代攀比到现代，从小攀比到老，从自己攀比到儿女。也许正是这种攀比的风气促使着这个小镇的一直快速发展。而朱尽夏的父母终于过上了受人尊敬的悠闲的老年生活。

因为“贫穷”带来的阴影，所以朱尽夏把财务自由看得非常重要。她不尽要让自己实现财务自由，她也要父母兄弟姐妹都实现财务自由。

他们那一代人都有把父母的愿望也当作自己的愿望

的一部分要替他们实现愿望的愿望。

朱尽夏的财务自由很大一部分是通过购买房产并出租实现的。她一旦有钱付房子的首付，就会挑选一个好地段买一个容易出租的房子然后出租，然后不管房价升到什么程度，她都会一直持有这个房子而不卖。她手下的房产越来越多，那些房产就像一只只会下蛋的鸡，每天按时下蛋，而鸡却从来不杀，每天下的蛋只会越来越多。光靠租金收入，她就很快实现了财务自由，更何况那些房产每个都是价值千金。

所以她可以随心所欲地选择自己的职业和爱好，每天醒来，她只要想到接下来所有要渡过的时间都是自己的，不必出售一部分时间给需打工的公司就感到开心。那一天，不管是在忙碌中渡过也好，发呆中渡过也好，旅游中渡过也好，看书中渡过也好，无所事事中渡过也好，都是她自己的选择，都是自己想花的时间，花的都是她自己拥有的时间。她觉得这就是自由。

吴行健在生命的终点，终于明白了，科技的太快发展相对于人类的寿命来说，也许是不必要的。

西方世界比东方世界科技的发展快速得多了，但西方世界的人并不比东方世界的人过得快乐。而且东方世界的隐私世界自有它的魅力。

吴行健知道如果崔西呆在西方世界，她可能会成为西方世界的科学研究对象。如果被西方世界知道她五十年容貌不变这个秘密，她不知道会引起多少人的注意，她会被当作异物看待。她的生活不知道会发生怎么样的改变。

吴行健一想到这儿，就不寒而栗。

所以以参加杜浩的葬礼为借口，用自家的私人火箭把她带到了东方世界。那是在崔西醒来后的第四天。

朱尽夏早年离婚，有一个儿子叫朱则刚，今年也六十二岁了，年龄上模样上看上去刚好可以做崔西的父亲。所以把崔西的姓改了，改为朱，认朱则刚为她名义上的父亲。

从朱尽夏的名字及吴尽吴夏的名字就可知道，吴行健其实是以朱尽夏的名字拆开给两个曾孙女命名的。而不是引用无尽夏的绣球花名。

爱好种无尽夏的绣球花却也是因为朱尽夏。

这个中的缘故只有吴行健自己知道。

吴行健的同学之间有传说吴行健在与夏照谈恋爱之前曾狂热追求过朱尽夏，不过被朱尽夏拒绝了。正是因为在朱尽夏那儿伤了心碰了壁，所以吴行健后来与夏照恋爱后就闪电结婚，还未等毕业就已婚并有了第一个孩子，即吴崔西。夏照比吴行健大二岁，那时已经工作。不过吴行健和朱尽夏两人从没有公开承认过这段恋情。

朱尽夏不相信爱情，但她相信友情。她说爱情不能长久，而友情却可以走得很远。爱情很大可能性只是你爱我，我却爱他，他却爱她这种不对称搭错车的因缘，往往发现其实最爱的那个人只是想往中的自己或者自己心中一个因荷尔蒙而致幻的幻影而已。而友情却是你扩大的世界，你延伸的自己，你包容的部分，是实实在在的。所以吴行健与朱尽夏之间他们都只承认友情，而那友情确实走了很远，到目前还在继续，吴行健甚至把他最宝贝的女儿都放心地托咐给朱尽夏照顾。

朱则刚一生未娶，有一个养女叫顾欣儿，是他的朋友顾常生去世前托咐给他的。与朱崔西见面的时候，顾欣儿已经二十六岁，与朱崔西很快就成了好朋友。

朱则刚是生物学本科和硕博毕业的。顾常生是他的研究生同学。两人曾一起在一家很大型的企业工作同过事，是不同部门的两个中层管理人员。

朱则刚从那家大型的企业出来后，就自己开了公司，研究如何延长人的寿命。而顾常生仍然在原来的企业工作，他很早离婚，只有一个女儿顾欣儿，离婚时女儿跟了他，后来他工作的企业的楼层里发生意外爆炸事故，顾常生在爆炸中受了重伤，不久去世。朱则刚本来就是他女儿顾欣儿的干爹，所以顾常生顺利成章地在去世前把女儿托给了朱则刚抚养。

顾欣儿在陆有松的农业开发公司做秘书。陆有松就是唱戏剧的陆觅云和葛灵洁的儿子。

陆景生的妻子唐竟去世后，陆觅云的祖父母就把陆觅云带回了 Z 国，本来只想让他短暂地逗留几个月平复一下心情，很快又要送回到 M 国的，结果第二年庚子年，一场大疫隔离了 Z 国和 M 国，使得陆觅云在接下来的一二年都不方便再回到 M 国，而且因为陆觅云为他母亲的早逝感到悲伤，也不想再回去和父亲陆景生一起生活，没有母亲的地方在他的眼中就不算是家，再加上祖父母宠他爱他，他就这样慢慢在 Z 国耽搁下来。后来，世界大变，分隔成了东方世界和西方世界两部分，他就再也没回去 M 国后来的西方世界。时光飞逝，当年的孩子，现在也已经六十岁了。

葛灵洁比陆觅云小五岁。陆觅云和葛灵洁是因为戏剧结的缘。他们同属一个小百花越剧团。陆觅云演生，葛灵洁演旦。在一场场的越剧演出过程中，两人心有灵犀日久生情。《梁山伯与祝英台》中陆觅云演梁山伯，葛灵洁则演祝英台。《何文秀》中陆觅云演何文秀，葛灵洁则演王兰英。《红楼梦》中陆觅云演贾宝玉，葛灵洁则演林黛玉。戏台上演的一对情侣戏台下渐渐也成了一对情侣。

她和陆觅云生育有一双儿女：陆有松和陆有竹。陆有松和陆有竹也没有继续他们祖父和父亲母亲的事业。陆有松三十岁了，开了一个农业研究公司，拥有一个大农场。主要种葡萄，但也种有其它各种作物。陆有竹二十七岁了，她是个独身主义者，开了一个叫“有竹缘院”的福利孤儿院。

朱尽夏对崔西说：“虽然吴行健有的是钱，但包荒园还是必须得实现自给自足，否则每天这么多工人的开销，就是金山银山都是要被吃空的。《红楼梦》里荣国府比我们包荒园大得多，荣华富贵得多，是当时除了皇帝以外最富的家族之一了，就算这样，最后也落了个茫茫大地真干净。什么都没有留下。《红楼梦》据说就是作者依他生前的家族兴衰经历写成的，但最后作者自已连一顿饱饭都吃不上靠喝稀饭渡日。就是因为他们的收入来源太单一，又没能做到量入而出，一味只靠朝庭的俸禄，一旦官场动荡，就无以为继，很快就败落下来。我们不能这样。必须很快要能做到量入而出。你看，那个《红楼梦》里的刘姥姥仅靠着荣国府打发他们的几十两银子就买了一些地，开了个店，做起了小生意，生活就可以持续运转下去了。最后当荣国府败落后还救助了当年打发给她几十两银子的凤姐的女儿。”

朱尽夏的出生背景以及小时候“贫穷”留下的阴影注定她是一个非常务实的人。

包荒园要实现自给自足这是朱尽夏从一开始就已经从经济上考虑的实际想法，也是让崔西从自世界里走出来，与外世界建立更多链接从而扩大她的世界的很现实的做法。只有亲身接触到外世界的种种事务，她才能感受到自己是这个大千世界的一份子，而不是孤立的。

朱尽夏和崔西通过顾欣儿认识了陆有松，陆有松给了他们很多种植方面的建议。也给了他们他的农场生产的种子和植株。什么季节哪个月应该种什么，陆有松都会提早告诉他们。而朱尽夏由于以前也帮父母干过农活，所以对于如何发展他们包荒园农业也并不陌生。

包荒园前后分成三部分，第一部分是住宅区，九十九间半房间在住宅区。往下走，第二部分是竹林区，从古至今文人墨客们对竹有着很深的感情。“宁可食无肉，不可居无竹。”可以不吃肉，但居住地不可没有竹子。所以这个原来的个介园就种了很多竹子。这两个区都有重点，一个重点是住宅，一个重点是竹，但仍有庭院，假山，池塘点缀其间，再往下走，第三部分是花园区，里面种着各种各样的花儿，同样有庭院假山和池塘点缀其间。第三部分占地最广，也是需要工人劳作最多的地方。

朱尽夏的计划就是把第三部分分成两半，一半划归包荒园内，另一半划归包荒园外，把第三部分的围墙拆了一部分，重新建在第三部分的中间。那划归包荒园外的地都全部改成了菜地，并在一角搭起了鸡棚，鸭棚，养有几十只鸡和几十只鸭，另在一角划分出一部分菜地来种棉花。又把包荒园外原来的一块荒地改造成了水稻田。这样一来，包荒园内还是三个区，住宅区，竹林区和花园区。而包荒园外，就有了水稻田，菜田，棉地和鸡舍鸭舍。

住宅区又分成左中右三部分，每部分都有前后共三进，而且左右都是厢房。朱尽夏和崔西住在中间那一部分，那部分的中间那一进是住房区，前面那一进是厨房区，后面那一进则是厅房区。两边的厢房也各有各的用处，分别做成书房，画室，琴室，静思室，运动室，图书馆，手工作坊等功能间。左右两部分都免费给工人住。而且工人们是可以带家庭来住的，有家庭的工人把老婆孩子都带来了，于是这个住宅区就有了孩子的喧闹声。而且通过给工人免费住房也减少了一部分工人的工资。工人们也衡量了减少的工资与免费住房比起来还是要免费的住房划算得多。所以这是一件于两边都有利的事。

崔西的自世界渐渐地与工人们的家庭及朋友们的家庭建立了链接。自此，她在东方世界不再孤独一个人。她的自世界与外世界若隐若现，若即若离，但渐渐地发生了联系。由朱尽夏到朱则刚再到顾欣儿，再由顾欣儿到陆有松陆有竹，再由陆有松到陆觅云葛灵洁，再由朱尽夏到工人们，再由工人们到工人们的家庭和孩子。再由艺术，书籍，新闻，电影电视，戏剧至与她没有直接联系的甚至虚构出来的世界......很快地，她的人间网络重新建立起来了。她能在东方世界生活下去了。

朱尽夏告诉崔西说：“佛教中的‘世界’还有一个名字叫做‘网’。人不能离开网而生活，网可大可小，每个人对这个网的需求不一样，小至可以只有一二亲友，但必须得有这个网络，人才能生活下去。”

这个包荒园自从崔西和朱尽夏六月底入住后，在朱尽夏高效率的领导下，一刻都没有停止规划和运作，七月份最重要的种田农事必须赶上，菜田也都种下了，鸡鸭也买来了。到了秋天，稻子可以收割了，菜田也可收获了，鸡鸭也已经开始生蛋了。很快就实现了自给自足。有稻谷有菜有鸡蛋鸭蛋有棉花，哪怕灾难来了，这个包荒园也能自我运转，吃穿不愁了。

朱尽夏和崔西也分到了自己的菜田，水稻田和鸡舍鸭舍，所以她们也要跟工人们一起劳作的，参加种菜种水稻和收割水稻活动，还要参加摘棉花活动，甚至还要照看鸡鸭。不过因为有工人，她们的劳作就比较随性，农事是放在画画，书法，读书，看戏等众多爱好中的一个来进行的，做与不做都是一个选择。有选择就有自由。

朱尽夏有次跟崔西由谈农事谈到陶渊明说：陶渊明很早归隐田园，留下了很多著名的田园诗，最有名的几乎人人知晓的可能就是“采菊东篱下，悠然见南山”。但他因为没有请工人，而且他根本不算一个好农民，所以种的作物往往收成不好。你看他种豆：“种豆南山下，草盛豆苗稀”，连锄草的事都没做好，草长得比豆苗还长，那怎么可能有豆的好收成呢。所以陶渊明虽然守着田，曾经一度连饭都吃不上，而要去别人家那儿蹭饭。最后也是死于贫穷。不过他给世界留下了很多优秀的作品，到如今仍然被人所牢记。而且他的追求心性自由和随心所欲的行为影响了无数代的文人。所以不要小看做农民这件事，这是人生的根本大计。做好了可以丰衣足食，自立更生，做不好还可像陶渊明一样写出一些好诗好词来，经世流传。

朱尽夏青少年时为了跳出农门而努力读书，而到老年时，却又回归做回了自得其乐的农民。

种水稻，种菜，摘棉花，养鸡养鸭这些事都是朱尽夏从小帮父母干过的，她人又聪明，做什么事业都象模象样。再加上有工人们的劳作，所以包荒园的农业很快就发展起来了。

吃不完的菜，稻谷和鸡蛋一部分被工人家庭买走，另一部分被工人拿去菜市场卖掉。棉花用来做棉被，用不完的棉花也被手巧的工人们纺成了棉线，织成棉布，染上颜色，做成衣服。

时间过得真快，朱崔西在东方世界平平安安忙忙碌碌地已经过了一年了。一年后结算下来，当年开支与收入竟然可以打平了，甚至有一点点的结余。实现了量入而出的目标。

那这个包荒园就可以天长地久地存在下去了，它已经进入一个自循环自运行状态。

当然每天的辛苦打理菜园，鸡舍鸭舍和稻田是必不可少的。水稻分春秋两季。春天和夏天就得及时地种下秧苗。

朱尽夏与崔西她们的水稻田都还是手工插苗手工收割。农忙季节到来的时候，天还蒙蒙亮，她们和工人们都已经下田。崔西因为没学过种水稻，所以主要负责拨秧苗。她戴着遮阳帽，裤脚挽起，穿着一双高靴雨鞋子，坐在一个小板凳上对着一大拢的秧苗拨，拨得差不多了，就用稻草把它扎起来。扎成一个秧果。扔在身后。有工人把扎好的一捆捆秧果放在挑担上，在水稻田里一个一个按一定的间距扔开去。水稻田已经由绳子拉成一条一条，每一条的间宽足够种六大颗秧苗。种田的人光着脚站在中间，两脚分开，左手拿着一把水稻，手指熟练地分苗，右手飞快把那些分出的苗插进水田里。从左边插起，左脚的左边均匀插两小分束，左脚与右脚之间均匀地插两分束，右脚的右边均匀地插两小分束。然后，左右脚相应地往后退，而手的节奏不变地从右脚的右边再插到左脚的左边。如此循环往复。

插秧苗算得上是一个技术活。朱尽夏已经七十多年未种田了，但仍然不管旁边的人劝说，一时技痒，也加入了插秧苗的行列。不过她只种一会儿，背就直不起来了。“没事没事，我息一息还能继续种。”她不服老。但她毕竟还是老了。以前她种田，都要争当第一名，一定要种得最快。种得最快就是她心里的奖赏和满足。可现在即使慢慢地种也已经使她腰酸背痛，她是真的老了。

夏天的时候，除了要收割水稻和种水稻，花生，西瓜，脆瓜，黄瓜，豆角，西红柿，丝瓜，茄子，黄豆荚，小青豆等都成熟了，也要及时地采摘。

到了晚上，整个包荒园的人都乘凉吃新采摘的西瓜，新煮的花生，以及各种时新的水果和小吃。工人们的孩子们东跑西奔，工人们三三二二聚在一起，讲些家长里短。朱崔西和朱尽夏很多时候也都会加入他们的乘凉和聊天中去。工人们有时候会聊一些鬼怪传说，而朱尽夏由于各种杂格古董的东西都懂一些，而且又很有好奇心，所以也常饶有兴趣听他们说一些离奇故事，或者讲一些她曾遇到过的一些离奇经历。有时候，她和崔西还会带几个有兴趣的女眷们拿着画板去竹林区，花园区，荷塘边，甚至外面的田野写生，画画暮色中的花花草草。直到夜色深沉。才各回各家去睡觉了，等待第二天的忙碌的到来。

# 十二. 鲁颜东

我们前面说了，王一找上了鲁颜东。说能提供任何这个星球人的样例。

为什么他会找上鲁颜东呢？不怕鲁颜东把秘密泄露？是他觉得鲁颜东能保守秘密吗？还是他知道了鲁颜东的秘密？

这我们要等到最后才知道缘由。

不过，鲁颜东能保守秘密倒是真的。因为他已经把他的两个复制孩子鲁颜忆和鲁颜尔的秘密保守到至今，自然也会继续保守王一提供的信息的秘密。当然每个人保守秘密都是有原因的。而鲁颜东就是为了鲁颜忆和鲁颜尔。

他现在开始理解母爱。因为他是把鲁颜忆和鲁颜尔带到这个世界的人，对于这两个人的爱深刻地改变了他的品性。虽然这种爱出发自自私，但也慢慢地长出一些温柔的形态。为了他们，他是可以赴汤蹈火的。

现在王一说，他可以让他们两个人体验到任何人的人生经历。他突然进入了选择的困境。

选择谁的人生来进行体验呢？

体验名人的人生，还是体验普通人的人生，体验富人的人生，还是体验穷人的人生，体验东方世界的人生，还是西方世界的人生？

或者每一种人生都体验一下？

其实对于这个星球人短暂的一生来说，每个人最后都是歧路同归。但是，挡不住所有的人对幸福人生的向往，人人都想过一个安定和谐，快乐富足的人生。命运的路途很奇怪，我们小时候都是一个个可爱的孩子，但走着走着，每个人的命运之神在各个拐角插了一脚，使了个绊子，使得每个人的人生最后各具形态，许多人的人生都背离了他们的初衷。

最后，有几个人可以说，他们的人生是完全照着他们梦想的样子进行的呢？有几个人可以说，他们的人生是完全按着他们设计的模样完成的呢？

然而在那些跌倒又爬起的过程中，他们体会了一些未曾预想的人生的模样，使得他们对于那些跌倒后不能再爬起来的人的人生生起一些前所未有的同情。原来他们的人生模样并不是全由他们来负责的，命运，运气，际遇在其中起到了无法阻挡的作用。大山压过来的时候，没有几个血肉之躯可能全身而退。

没有经历过别人所经历的，就没有资格评论别人的人生。因为他们可能没有像你那么幸运，他们可能没有像有你有那么多的选择，他们可能没有拥有一个好的起跑线，他们可能没有像你有一个相对平缓的人生际遇。

鲁颜东自认自己是一个非常悲惨的悲剧人物，但在选择面前，他突然发现自己并不是那么惨，有很多很多人的人生样例比他惨得多了。自己也并不是那么坏，有很多很多人最后变得比自己坏得多了。至少，他目前有对两个孩子类似“母爱”的感情，在这个感情面前，他的阴暗的“本我”开始变得渺小，而他初具萌芽的“超我”开始长大。

突然，他觉得他不要鲁颜忆和鲁颜尔经历那些大富大贵之人的人生，那些大富大贵之人之所以能大富大贵，无一不是付出了巨大的代价，大富大贵是由他们自己的血泪浸泡出来的，是由一般人不能承受的代价磨制出来的。作为个人，他自己也追求名声，“出名，宜早不宜晚。”是他一贯的信条。那怕出个臭名也好，为了出名，他是可以不择手段的。而当他为自己的两个孩子着想时，他却不希望他们出名，不希望他们经历常人没法想象的大风大浪，而是只想让他们经历那些平凡但安乐知足的人生。

于是，他向王一提出了这样的人生样例：自由美好的童年，充满希望和友情的少年，积极向上拥有美好爱情的青年，小富即安家庭和睦的中年，健康快乐老伴相随高寿尊严的老年。

在提出这样的人生样例时，他悲惨地想到：所有这些，都是他所欠缺的。

但他又欣慰，自己也能跟随自己的两个化身孩子经历一下自己所全部欠缺的平凡但安乐知足的人生。

然而，就这些在他看来最平凡的人生要求，却让王一沉默了。

“确切地说，要全部符合这些要求的平凡人生的实际样例是没有的。”王一沉吟了一会说。

“没有？怎么可能没有？你不是拥有所有这个星球人的样例吗？这么多个样例，连一个满足这样平凡条件的实例都没有？”

“很遗憾，没有一个人的人生是完美的。你看似平凡的要求，但每个阶段都符合的一个都没有。有的人拥有自由美好的童年，但突然在少年时遭受变故。有的人追求到了美好的爱情但他从小缺爱。有的人小富即安家庭和睦但很快这个状态被无常打破。有的人可能前面几个阶段都很完美，但却在老年时全部失去。”

“那你能不能把几个人的人生拼凑在一起，来达到这么一个效果？”

“不行，因为只要在因上有一点改变，所以的果都会随之而变。所有以前的念心都决定未来，没人能拼凑出一个人生来。”

“不行？”

“不行。”

“那我想为他们选择一个相对安定幸福的一生。”

“那倒是有不少，但也只是在各人的体会中。有的人一辈子过着粗茶淡饭的生活，但他们觉得幸福。有的人一辈子锦衣玉食，但他们却觉得乏味。”

“这么说来，体会别人的人生并不是一个好的选择？”

“是的，任何人生只有自己真正经历才是自己的人生。如果是体会别人的人生，不管别人的人生是多么精彩，那你也只是一个影子，因为那个人生已有归属。那个归属者并不属于你。”

“可是，对于克隆人来说，他们的生命太短，而且见不得光，怎样才能让他们拥有自己的人生？”

“他们当然可以拥有自己的人生，就像任何这个星球人一样。”

“你这是什么意思？就像任何这个星球人一样？我们这个星球人可不是克隆人。”

“你凭什么这么自信这个星球人不是克隆人。”王一不管鲁颜东惊呆在那儿，继续说：“等你的孩子们成家立业，有了自己的后代，他们不就有完整的人生了？也有他们基因的传递，然后一辈子一辈子过下去，与这个星球人有什么区别？所不同的只是他们寿命短一点而已，但是几千年前的这个星球人的寿命也是很短的呢。”

“那你的意思是不要让他们去经历别人的人生，而是要让他们去体会自己的人生？”

“是的。”

王一自行告别了。

与王一聊完以后，鲁颜东对鲁颜忆与鲁颜尔的人生有了新的打算。

至于王一是谁？为什么会有所有这个星球人的样例，

他已顾不得这么多了。他是谁又有什么关系？就算他是外星人，那又怎样？他又没害自己，而且他至少给他的两个孩子提供了一个出路。

在鲁颜东心目中，现在世界上任何事情都比不上让鲁颜忆和鲁颜尔有一个未来来得重要。哪怕他是外星人，哪怕他知道这个星球人的所有秘密。

就算泰山就要崩于眼前，他也不在乎。

与王一的打交道失败后，鲁颜东去了东方世界参加鲁帆风的葬礼。但在东方世界他也没有得到他想要的结果。

回到西方世界后，他就去找了陆景生。

鲁颜东想先把自己作为实验品，体验一下陆景生他们是如何拓展人的广度的。如果他认为可以，那么才会把鲁颜忆和鲁颜尔带去。

他想起了古代的试毒者，只有试毒者试过食品没有毒后，这些食品才会给古代的皇帝吃。现在，为了他的两个亲自创造的孩子，他宁愿做这个试毒者。

因为鲁颜东的名气，陆景生亲自接待了他。

陆景生说："我们的公司最有名的项目叫'心想事成'。你心里想过什么样的日子，就能过上什么样的日子。一个人想要的往往并不是只要一种日子，而是几种日子，而我们都能帮你实现。"

鲁颜东说："需要我把愿望说出来吗？"

"根本不需要，只要你在心里想就行了，你心里一想，生活就会在你眼前展开。而且我们的生活是一种快进的生活，你感觉好像已经过了一辈子，其实才过了一下午，甚至一个小时半个小时。所以这个产品非常高效，非常让人充实。”

鲁颜东将信将疑地随着陆景生进入了一个黑暗的房间。

听到“叮铃叮铃叮铃”的铃铛声从什么地方传来。鲁颜东眼前看到鲁颜忆和鲁颜尔已经长大，两人的脸上都洋溢着骄傲的笑容跟鲁颜东说：“爸爸，我们都靠着大学的最高奖学金毕业了，而且我们都是以最优秀毕业生毕业的，我们院长亲自给我们颁发了荣誉奖状。”鲁颜东第一次听到他们这么亲密地叫他爸爸，心里非常开心。但又暗自诧异，他们什么时候上的大学，而且都已经毕业了？“我们大学毕业前就找到工作了，明天就要去上班。对了，明天晚上，我们会带我们的女朋友过来来家里吃饭。”“啊，我怎么才知道啊？”鲁颜东诧异地说。“爸爸，你不是希望我们都过上正常人的生活吗？我们现在就过着正常人的生活啊。而且我们的女朋友都已经怀上了我们的孩子。等我们发下第一个月的工资后，就准备结婚了。”“太美好了，这一切都像是一场梦。”鲁颜东心里突惊。突然，一切都消失了，在他面前的还是一个黑屋子。

鲁颜东的人生梦想原来就是只希望他的两个孩子能过上正常的生活。

他后悔了。他彻底后悔了。

他后悔把他们两个人制造出来而不是按照这个星球正常的方法让他们诞生，他后悔没法给他们正常的生活。这只是这个星球上的孩子们生下来都理所当然就能过上的正常生活，对正常的孩子来说是最低的要求了。但对他的两个孩子来说，却是比登天还难。

原来，读书，恋爱，结婚，生子，抚育后代这个传统流传下来的生活方式是这个星球最容易的一种生活方式。他一生叛逆，反传统，标新立异，这时候他真希望人生能重来一遍，那他一定会一步步都按传统的生活方式该读书时读书，该恋爱时恋爱，该结婚时结婚，该生育时生育，该抚育后代时抚育后代。

等他回到家，发现鲁颜忆和鲁颜尔还是原来的样子，还是两个无法见光的孩子，他的在陆景生那儿得到的生命之旅根本没有实际改变他的两个孩子丝毫。他知道陆景生他们公司的产品根本不是他想要的。

王一和陆景生都满足不了他的需要。而吴天悯和吴勉的公司和朱则刚公司目前还只能延长最多十年寿命，而对克隆人来说，可能更短。离想让他们寿命翻倍的目标还有很远，还需要等，不知鲁颜忆和鲁颜尔能否等到。

鲁颜东下了一个大决心：要尽快行动起来，靠自己的努力给他的两个孩子创造过正常生活的条件。

# 十三. 有竹缘院

陆有竹像她的爸爸陆觅云及她的哥哥陆有松一样，对她祖父陆景生的科技公司一点兴趣也没有。她也对她爸爸陆觅云的戏剧和她哥哥的农业开发公司没有兴趣。她没有在她哥哥的公司上班，而是自己开了一个孤儿院。孤儿院以她的名字命名，就叫“有竹缘院”。我们说过，东方世界基本还保持着五十年前的样子，所以孤儿院也仍然像是那时候的样子。

陆有竹虽然有一个事业很成功的哥哥陆有松和爷爷陆景生，但她过着非常朴素的生活。对于东方世界西方世界流行的生日庆典，她自己都是避免的，但却给孤儿院的每个孩子过生日。她很有爱心，孤儿院的孩子们都非常喜欢她。她已经立誓一辈子不结婚，一辈子独身，而把孤儿院的孩子们当作自己的孩子。她的哥哥陆有松和女朋友顾欣儿也会经常性地去有竹缘院帮她。朱崔西到来后，因为顾欣儿的关系，她也很快与陆有竹成了好朋友，有时也会去有竹缘院帮她。

那天，她起了一个大早，拎着一大盒四层的蛋糕去孤儿院上班。那天，恰好有一个孤儿院的孩子过生日，孤儿院的一个孩子过生日，所有孤儿院的孩子们都是能分到蛋糕的。因为孤儿院有上百个孩子，所以经常性地，她都要拎着一个大蛋糕去上班。

孤儿院就在那个江南小城的城郊，踩着乡间小道迎着朝露去孤儿院的路上，让她不由感叹生活的美好。

到了孤儿院门口，她看到了鲁颜忆和鲁颜尔，现在他们改叫吴忆和吴尔了。俩人长得一模一样，分明是双胞胎。

看来，又是一对被遗弃的孩子。

两人说自己八岁了，叫吴忆和吴尔。父亲说带他们来这儿息息，回头来找他们，但再也没来找他们。

陆有竹说："没关系，以后这个有竹缘院就是你们的家了。我们有很多像你们这样的孩子，我们是一个大家庭。大家相亲相爱的，都是好朋友。跟我来，今天我们还有蛋糕吃。以后你们可以叫我妈妈。"

就这样，吴忆和吴尔在有竹福利院生活了下来。他们终于将有一个属于自己的人生。

鲁颜东其实一直在边上探看着。

直到看到陆有竹把他的两个孩子带进了福利院，他前所未有的激动，他的心就要跳出他的嗓眼，他勉强把他的心压了下去。这是他人生中最重要的一天，因为他的两个孩子终于可以开始他们自己的人生了。他们终于可以见光了。虽然前面是什么他一无所知，虽然他知道他们的寿命短暂，但有什么比终于有了一个开始值得庆幸的呢。

他明白了，原来，这样的时刻就叫做幸福。

他为两个孩子终于能够拥有自己的人生而感到高兴。而与孩子的分离的痛苦只需要他自己一个人品尝就可以了。他品尝的痛苦够多的了，甚至可以说，他一辈子都在品尝痛苦。而目前的这种痛苦叫做幸福的痛苦。

鲁颜东终于感受到了人生的幸福时刻。原来，人生的幸福时刻不需要成功，不需要成名，不需要富贵，而是一种满足感。他为了两个孩子的前途，甘愿再次忍受孤独，忍受分离，他忘了自己克隆两个孩子的初衷是为了免除自己的孤独。现在只要两个孩子能被社会接纳，能有一个相对正常的人生，他什么牺牲都能承受。

当他看到陆有竹带着两个孩子进门的一瞬间，晨光从启开的大门中透过来，一道一道的，他以为他看到了人间的菩萨，陆有竹在他看来，身上闪着光芒。那光芒刺得他睁不开眼睛，使得他不得不低下头来。使他有一种冲动，要冲上去跪拜在她面前。因为就是面前这个人间菩萨，使得他的两个孩子有了未来。

鲁颜东的人性在这种光芒下觉醒过来。

他第一次觉得这世界是有美好的时刻的。比如就在此刻。

与王一和陆景生接触完后，了解了朱则刚和吴天悯公司的研究进度后，他想起来上次访这个小城养老院里的父亲时，他对那个江南小城的一切都感到很亲切，那是他曾祖母的故乡。他因缘巧合还考察了一下有竹缘院，发现送到这儿的大多数孩子都是不明来历，档案都是重新编辑建立的。

鲁帆风告诉过他，其实他应该姓吴不姓鲁。

是时候让他的两个化身孩子回到他的曾祖母的故乡了。也是时候让他们的姓恢复成他们原本的姓了。

吴忆和吴尔平生第一次吃到蛋糕。平生第一次与很多小朋友相处，他们太开心了。他们并不知道自己的特殊，他们只知道他们有一个很怪的爸爸与他们长得一模一样，那个爸爸不允许他们外出，不允许他们见任何人。

现在他们人生第一次有了一个叫妈妈的人，而且还是那么漂亮那么温柔那么有爱的一个妈妈，有一群年龄各异的小朋友一起玩耍，有一拨充满爱心的工作人员照料他们的生活。他们突然觉得他们进入了天堂，一切都是如此美妙，一切都是如此新鲜。

来孤儿院的孩子一般各有各的不幸，很多孩子都经历了一个被抛弃的心灵创伤治愈过程。但对吴忆和吴尔来说，他们一点都不觉得自己不幸，他们原来的人生才是畸形的不幸的，是不正常的，现在才相对进入了一个正常的环境。他们自觉幸运降临了。他们为新生活感到说不出的满足。

他们忘记了他们的爸爸，那个怪人。他们就怕他再次出现，把他们又关在孤独的小天地。他们对他没有什么感情。

而他们的爸爸，偷偷地注视着这一切，他们的喜悦成了他的喜悦，他们的幸福成了他的幸福，至于他们是不是忘了他，一点都不重要了。忘了他最好，这样他们的旧历史就不会被翻出来，成为被社会鄙视的理由。这也是他把他们两个人的名字都改成了吴忆和吴尔的原因之一。人们越少联想到自己越好。

他重重地摔了一跤，脸破了，缝了好几针，脸上永久性地有了一条长长的伤疤，这个伤疤使他破了相。也使他长得不再象原来的样子了。

没人知道，那是他有意为之的，为了让人们不会把那两个孩子与自己联想在一起。虽然他在西方世界，而两个孩子在东方世界，两个世界的隔阂仍然象银河一样广茫，但为了保险起见，他再次牺牲了自己的一些皮肉。

原来他孜孜追求的名利现在于他也不再重要了。他已经享受过成名的感觉，虽然不是好名，但毕竟也是名气。但现在这个名气可能会给他的两个孩子带来不利，他怕有别有用心的人会追究他的过往探寻他的历史，他怕这样的探寻会引到他的两个孩子那儿去。

索性，他退休了。他从西方世界去到了东方世界，在那儿隐身埋名总要容易一些，而且在那儿也离他的两个孩子更近些，虽然他再也没有去找过他们，但地理位置上的更靠近还是给他一些安慰。

从那以后，他在西方世界的镁光灯下彻底消失了。西方世界少了一个科学怪人。他本来为了不孤独创造了两个孩子，最后为了两个孩子，他重新回到了孤独。不过那个孤独因为有了牵挂，心里被两个孩子所占领，又与以前的孤独不一样了。

他来到了东方世界的一个大城市，在大城市里没人会关心一个陌生人的来历，人与人的关系比较疏远，多一个人少一个人都不会被人发现，不像在一个小城镇，多出一个人来就会打破那个小城镇小范围内原来保持的平衡。而且他已经毁容，没人知道他是在江南那个小城养老院里老死的鲁帆风的儿子。他将在那个大城市渡过他的余生。

不过，这以后，朱则刚的公司收到了一笔神秘的捐款和一封神秘的信。信中匿名的那个人说她捐赠给他们公司的那笔资金是用来关注在江南小城有竹缘院的吴忆吴尔二个人，是为了让他们的寿命能够得以延长，并请他们公司为这个项目保密。信中的署名为：一个普通的母亲。

# 十四. 陆有欣

朱崔西在东方世界已经平平安安忙忙碌碌地渡过了一年。这一年也是包荒园实现了自给自足的一年。

在这一年中，朱崔西在东方世界的朋友们也都各有收获。

顾欣儿和陆有松收获了他们的孩子。

崔西六月底刚见到她时，顾欣儿的肚子已经很明显了，预产期就在七月底。但她的行动却仍然很迅捷，没有因为肚中的孩子影响她正常的生活。在朱尽夏和朱则刚的介绍下，她们两人从认识到相知，很快成为了好朋友。顾欣儿在正常的上班之余，经常会跟崔西一起跟着朱尽夏学画，学书法，帮忙打理包荒园。崔西也会跟她一起去听戏剧看电影，并一起去有竹缘院帮陆有竹照顾孤儿院的小朋友。包荒园多余的蔬菜稻米鸡蛋鸭蛋也会送一些去孤儿院，还有由新鲜棉花做成的棉被。

崔西照顾着顾欣儿不让她搬重的东西。但顾欣儿自己却觉得没事："不就怀一个孩子嘛，哪用得着就变得娇气起来。"

"你自己没事，也要考虑一下你肚子里的孩子，你闪了腰孩子在你肚子里也呆不踏实的。"

顾欣儿一听是为了孩子好，就连忙放下重物，转身拿些轻便些的东西搬。"哎，怀个孕好麻烦啊，这也不让干那也不让干，早知道就不要这孩子了。但愿能赶紧卸了肚子里的货，我可放开手脚和你们大干一场。"

顾欣儿生孩子时，崔西和陆有松都在产房外面等着。两人都焦虑紧张坐立不安。但别人的焦虑和紧张都帮不到顾欣儿。她必须独自面对大生产的艰难。

因为是头胎，孩子在母胎中又脐带绕颈一圈，所以生的过程非常艰难，挣扎了三个多小时，才听到孩子哇哇地为不测前途而担忧的啼哭声。陆有松和顾欣儿取各自名字中的一个字，把她取名叫陆有欣。

生产之前，顾欣儿对陆有欣有着莫大的期待，从怀上孩子开始就对她进行胎教，今天音乐明天画画后天科学。希望以后这个孩子生下来就是个天才。但在生产的过程中，她唯一的愿望就变成了婴儿健康，只要是十个手指十个脚趾健全的健康孩子就行了。

在生产的过程中，母亲把自己的生命都交付给了上帝，她们的一只脚在人间，一只脚在地狱。只为了迎来一个新的生命，她们要在人间和地狱中去走一趟，才能把一个孩子带来这个世界。

而在这之前，她们还只是一个父母疼爱丈夫宠溺的集万般宠爱于一身的小女子。

“母女平安。”简单的一句话，里面隐藏了多少狂风暴雨。

在养育的过程中，母亲更是牺牲自己的时间和前程，只为了孩子能健健康康地成长。

难报父母恩。

顾欣儿生完孩子后，对自己从来不曾认识的生母完全理解和释怀了。她的母亲也曾这样冒着自己的生命危险生下她的吧，也曾养育了她最难养育还不曾有记忆的头几年吧，也曾半夜哺乳也曾严重缺乏睡眠每天只能睡上三四个小时吧。她的生母对她是有着难以回报的生恩和养恩的。她从此不再抱怨她母亲在她还未有记忆的时候就与她爸爸顾常生离婚，她也不再抱怨自己是个缺少母爱的人。那个母亲她也曾以她的方式爱过她，辛苦地把她带到人间，辛苦地为她付出过她的青春和睡眠。在生她之前，她的母亲也是一个集万般宠爱于一身的女子吧。

她也对朱则刚这个养父的养育之恩充满了感激之情，是朱则刚接替了她的父亲顾常生把她养大成人的。他虽然与她没有血缘关系，但却胜似她的亲生父母。

顾欣儿的人生在生孩子前与生孩子后完全不一样了。

生孩子前，她还是一个女孩子，一切需求还是以我为出发点。而生完孩子后，她为母则刚，以后她的人生的很长一个阶段，要以陆有欣为中心，她的自我将退止于第二位。

人间的时间说走得快也真是快。一忽儿，陆有欣就会玩了，会走了，会说了。一忽儿就一岁了。

人间的时间说走得慢也真是慢，顾欣儿望眼欲穿地盼着陆有欣快点长大。每一天对她都是长长的一天。被各种实际而具体的工作填得满满的一天。严重缺乏睡眠的一天。

有多少时候，她的梦想变成了能好好吃一顿饭，能好好睡一个觉，甚至能好好上一个洗手间。陆有欣经常在她上洗手间的时候，大哭着爬上去拍着门要妈妈，嘴里还惨惨地叫“妈妈，你在哪里？”就像她上的不是洗手间，而是正在逃离遗弃婴儿的现场。

崔西有时候会来帮忙照顾陆有欣。她对孩子很有耐心。也很有一套逗孩子的方法。因为她经常会去陆有竹的“有竹缘院”帮忙，已经知道如何照顾一个孩子，如何跟他们玩。

但她无法理解顾欣儿。

以前那么潇洒的一个人儿，连怀孕都不能改变她扮靓改变她享受生活改变她的生活方式，现在因为一个孩子的到来，完全改变了生活作息。

值得吗？

她理解不了的。

不养儿不知父母恩。她还不能深刻地理解母爱。

她也不理解男女的情感。

她爱过林之峰。但自从她明白林之峰早就已经忘了她，已经另娶，都已经有孙子孙女，而他自己也已经变成了一个老人后，她好像从此失去了再爱上一个异性的能力。

男女之爱如此易变如此不真实，好像只是空相，只是幻相。

她爱上的是五十年前的林之峰，但五十年后的林之峰已经于她只是一个陌生的老年人。时光的差距及爱在双方身上都不复存在的事实使得崔西完全失去了对异性的兴趣。

她现在也像朱尽夏老人一样只需要友情，而不是爱情。

这个星球人世间的男人没有一个再能打动她的心了。

为了一个臭男人放弃自己自由自在的生活，这是她所无法想像的。

当然，她那时还未认识王一。还不知道自己和这个星球的人已经如此不一样了。

她与顾欣儿的聊天时，经常会说："你们人类的感情真是可笑。也真是无聊。特别是为了男人动感情这事，犯得着吗？我观这个星球上的女子都可亲可敬可爱，可这个星球上的男人大都俗不可耐。"

当她发出这种感概时，顾欣儿就会打断她的话说："什么你们人类，什么这个星球，说得好像你已经跳出三界不在五行之中似的。"

顾欣儿自然不知道崔西的特殊。

崔西说这些话的时候，真的有一种冷眼观人间的感觉，好像自己只是局外人，是从宇宙的高度看这个星球的芸芸众生。

陆有竹有时候也会来看小陆欣儿，她把陆欣儿当作自己的孩子一样宠爱。有时候也会带着陆有欣去看她在有竹缘院的孩子们。

有竹缘院的孩子们也都在随着时光的飞逝而长大。吴忆和吴尔也九岁了。

这两个九岁的少年在有竹缘院快乐地成长着。一点都不知道他们已经很老了，他们的寿命平均只有三十岁。

每次陆有欣的到来，都给他们已经很快乐的生活增添了很多新的乐趣。两个人都抢着与刚会爬，刚会坐，刚会走路，刚刚会叫哥哥的陆有欣玩。谁也不知道，两颗对陆有欣友爱的心以后会变成自私的爱，而两人会因为得到她，而反目成仇。

上帝的密码已经在不经意中发给了他们，而他们谁都没看到。

# 十五. 婚礼

吴崔西到东方世界一年多一点后，即陆有欣一岁多一点时，陆有松与顾欣儿终于决定结婚。

这个孩子是在计划外的，但既然这个孩子决定认他们做父母，那么，他们就应该认真考虑如何才能给她一个安稳的童年和少年时期。

结婚这事儿在西方世界已经变得稀有。但在东方世界，大家还是像以往一样地恋爱，结婚，生子。但婚姻关系并没有因为时间的变迁变得简单。离婚率越来越高。执子之手，与子偕老的爱情已经很少见了。即使结婚，很多也只能维持十年二十年。越来越多的人选择单身。虽然相比与西方世界，还是传统得多，有六成以上的人会选择走进婚姻，至少一次。

但时间还是改变了一切。哪怕是在东方世界。

陆觅云和葛灵洁对孩子们的感情事早就放任自流。他们本就生性散漫，对孩子们的事管得很少。所以，结婚也罢，不结婚也罢，他们都一概能接受。

但听到陆有松和顾欣儿终于决定结婚，陆觅云和葛灵洁还是很激动。虽然陆有松三十一岁了，早就有了他自己的人生。他们也早就不管他的任何事了。但天下的父母心，总还是希望看到子女有一天能安定下来，有个伴侣相守相望，踏踏实实地一起携手踏上属于他们那一代的人生旅程。至此，他们作为父母的任务算是终于完满完成了。否则，总还有一缕心是牵挂在他们心上的。

特别是陆觅云前一阵身体一直不好，以为是好不了了，心里更是隐隐希望在他还在世的时候能看到儿子和顾欣儿结婚。没想到，自从他退出戏台后，心放宽了，身体也一天一天慢慢地康复了。人生的这次无常却是以喜剧的方式呈现的。现在又听到陆有松和顾欣儿决定结婚，真的可谓是喜上加喜了。

陆有松和顾欣儿的婚礼很简单，只有双方几个至亲和好友到场。这一年幸运频频光顾陆家，葛灵洁说：人说祸不单行福不双至，我们近阵却是好事接踵而来，所以行事更得低调，以免引起命运之神的注目。

顾欣儿也觉得办个简单的婚礼比较合适他们。陆有欣尚小，不能离开顾欣儿身边太久，简短的婚礼也能兼管陆有欣对母亲的需求。

八月底的一个晴天，陆有松和顾欣儿结婚了。

顾欣儿这边到场的有：朱则刚，朱尽夏，朱崔西。而陆有松这边到场的是陆觅云，葛灵洁，陆有竹和陆景生。

陆觅云与父亲的关系并不好。自从他十岁回到东方世界后，他就很少与陆景生联系了。陆景生事业上的成功对他来说就像是一个旁观者看一个旁人的成功，从未让他产生要想接替他父亲事业的丝毫想法。外祖父母疼他爱他，样样依他，连他要学戏剧也依他。外祖父那时是大学教授，外祖母是医生，唐竟先他们离世成为了他们心中永远的痛，他们反省以前因为平时工作忙，事业心强，对他母亲唐竟小时候生活和成长都关心不够，两人脾气又急，在成长过程中唐竟并没得到他们很多爱。于是把这个内疚都补偿在外孙陆觅云身上。

这次陆有松和顾欣儿想要安定下来的消息使陆觅云和葛灵洁都很开心，他们一直都喜欢顾欣儿，现在再加上有了陆有欣这个孙女儿，而陆有松也想让顾欣儿认识一下在西方世界很有名但她一直未曾谋面的自己的祖父，所以早就准备邀请陆景生过来。

婚礼是在陆觅云和葛灵洁的家中进行的。八月底的一天，暑气已经散的差不多了，但秋气仍淡到无法察觉，天地之气正处于由炙盛转向清和的过渡阶段。

陆景生见到朱崔西时，脸色大变。他当然认得朱崔西，就是原来那个吴崔西。虽然他一直都有关心她的动态，但她的动态几十年如一日的未有动静，居然不知道她原来已经在东方世界了。她是什么时候醒来的？她是什么时候过来的？吴行健把这保密工作也做得太好了。

五十一年后，他再一次见到她。她一点都没变，方脸，浓眉大眼，笑靥如花，不，比花更娇美一百倍。而他已经很老了，满脸皱纹，老眼昏花。已经在人生的终点。

朱崔西却一点都没认出陆景生了。一来，陆景生现在很老了，容貌已经大变。她根本没有把目前从西方世界过来的这个老人与以前实习公司的老板联系起来。二来，陆觅云、陆有松和陆有竹都干着与陆景生迥然不同的职业，也使她不能把陆景生与陆觅云、陆有松与陆有竹联想起来，再说，也没有人介绍他的名字，只知道是陆有松和陆有竹的祖父。直到等以后知道他就是陆景生后，她才明白难怪每次见到陆觅云，她都有一种似曾相识的感觉。

但是当她看到陆景生时，有什么不愉快的感觉在她心中闪过，像一道闪电，再次照亮了她醒来后来东方世界前的那个困惑，那是一个问题："什么事不对？"但那个闪电只照亮了那个问题，那个问题是针对她昏迷这件事的，为什么是这个问题，到底为什么不对，不对在哪儿，那些答案却仍然隐没在黑暗之中，没被那道闪电照亮。

婚礼上朱则刚和陆觅云都代表双方家长发表了对一对新人的祝福。

陆觅云代表男方家长说："爱上一个人很容易，这个世界上美好的人，美好的事物都很容易使我们爱上，爱上一个美好的人不费一点力气，连最自私最吝啬最冷酷的人都能做到，但要坚持爱一个人，坚持当初爱她时发誓要承担起的责任却是一件很难的事。你们现在已经把容易的那一部分完成了，以后长长的一生里要坚持住今天你们给予彼此的爱和承诺，时刻提醒自己许诺的责任，要互相包容共同进步，完成爱情中最难完成的那部分坚持。我和灵洁都祝愿你们携子之手白头偕老。”

一对新人及朱崔西，朱尽夏，朱则刚和陆有竹听着都心有感动。顾欣儿握住了陆有松伸过来的手。朱则刚想：“我今天终于也算完成了顾常生托咐我的责任了。”葛灵洁则听得泪光闪闪，她知道陆觅云话中有话，那既是对一对新人说的，也是对他们夫妻自己说的。

陆景生则一脸木然，谁也看不出他到底在想什么。

婚礼很简短，吃完婚宴后，傍晚还未过去，火烧云还在天边染着一层喜庆的颜色。

大概六七点钟婚礼就结束了。

崔西和朱尽夏回到包荒园时甚至还有时间跟着工人们一起干一会儿活。

# 十六. 王一

朱尽夏和崔西参加完陆有竹和顾欣儿的婚礼后的那天晚上，包荒园迎来了一个神秘的客人，看上去不过二十四五岁模样的王一。

王一登门来访的时候，朱尽夏老人与崔西正与工人们一起打捞锦鱼池中的浮萍。

朱尽夏老人对王一已经有所耳闻，吴行健把王一的消息告诉杜浩的当天，杜浩已经告诉了朱尽夏。而吴行健后来把崔西带到东方世界的时候也详细与朱尽夏说过他那一天的奇遇。

所以虽然在东方世界没有年龄测试仪等各种检测仪器，但朱尽夏老人已经风闻他的年龄的异事了。而且朱尽夏不光只是风闻，她早已经在心里暗暗盘算过王一和崔西的特殊之处。她早就准备好，因为崔西，她会有与王一见面的那一天，如果王一真是是因为崔西而来的话。她虽然脸上不显山露水不动声色，但她是时刻准备着与王一或其他探寻崔西秘密的人见面的。

没想到的倒是，居然崔西已经太太平平无病无灾开开心心地在东方世界渡过了一年。直到朱尽夏都快把王一放下心头，觉得可能是她自己和吴行健都多疑了。“人老了，都是疑神疑鬼的。”有次朱尽夏与吴行健聊起崔西的近况及自己的一些猜测时，还这样自嘲了一番，“连你那么豁达对人容易产生信任的人不是当时也起疑心了吗？”说得吴行健也不好意思地挠了挠尚很茂密但却已经全白的头发不好意地笑了起来。

王一就在这个最不太可能到来的时候来到了包荒园。

朱尽夏和崔西虽然与工人们一起打捞着浮萍，但她们的心还没从顾欣儿和陆有松的婚事中完全走出来。她们的心是喜悦的，为顾欣儿和陆有松，也为朱则刚。这一天因为有这么一件大事发生已经显得很长，没想到还有更大的事更神秘的人在等着她们。

包荒园的一个工人把王一迎进了园林。随着曲曲折折的园间小径，绕过假山、亭子和人造瀑布他们来到了朱尽夏和崔西工作的锦鲤池。

简单的自我介绍后，朱尽夏邀请王一与他们一起劳动。

王一欣然应允。他跳上了捞浮萍的船，过去崔西坐的那一头，在崔西身边坐了下来，准备与崔西一起干活。

崔西现在对包荒园的各种事物都特别有兴趣。什么都喜欢亲力亲为。这种体力劳动她也是很乐于参与的。一边坐在小船上捞浮萍，一边欣赏着锦鲤在池中的荷叶间戏耍，对她有着莫大的乐趣。捞上来的浮萍是要给养在花园区外面的鸭子吃的。包荒园养的鸡和鸭也早已自给自足，菜叶子，浮萍，地里的虫子，吃剩的残羹冷炙等都是它们的食物。

工人们都很喜欢跟着这个率真貌美年轻的女主人一起工作。

王一也是。他与崔西一起捞着浮萍，也与她一起欣赏着锦鲤在池里的玩乐。两个年轻人看上去象一对很相配的情侣。

江南的夏天是很热的。但包荒园选址选得好，考虑到了风水，空气的流动性很好。所以即使已经到了傍晚七八点钟，大地的热气仍炽的时候，也不觉得热。

打捞完锦鲤池中的浮萍，已经是八九点钟的样子了。包荒园的工人已经在花园区的亭子里把点心准备妥当。

“崔西，王一，我们都收工吃点点心吧。”朱尽夏邀请道。虽然他们在陆有松和顾欣儿的婚礼上已经吃了晚宴，但再吃点点心的空间还是有的，再说，刚刚的劳动也消耗了他们已经摄入的一部分能量。

晚风习习，江南的晚上是非常的迷人。包荒园的外面有一大片的水稻田，晚稻已经种下，传来一片蛙声。

朱尽夏吃得心满意足，她既不问王一来此有何意，也不问王一的来历。只是享受夜宵和晚景。

朱尽夏既不问，王一也就没说。只是与崔西交流一些小菜名及点心名字，他好像知道所有小菜名点心名的来历和一切，但他又好像这是他第一次吃到江南的小菜和点心。

吃完点心，工人们又传上来几盘瓜果。

朱尽夏笑说：“面对如此美景美食及对面的一对碧人，让我去做皇帝做神仙都是不换的。”

王一答：“此景虽好，但却是短暂。”

崔西安慰说：“没关系，明天还是一样的好景好食。”

王一说：“对于你我来说也许是。但是对于这个星球的人来说，不过是转眼烟云。”

“什么意思，说得好像你我不属于这个星球似的。”崔西说。

“你既属于这个星球，但终究可能不属于这个星球。”王一说。

朱尽夏只是听着。她心里已经千转百回。

“看来，王一确实不是我们这个星球的人。”她不动声色地想，“测试仪没有错，在我面前的就是一个已经一万多岁的人。”

“我们这个星球，在你的眼里，是个什么星球？”朱尽夏问。

“半夏星球。”

“只有半个夏天那么长？”

“是的。”

“那你们星球的人寿命是八万岁？”朱尽夏心里很快地计算了一下。

“差不多。”

“难怪年龄测试仪测出你现在是一万多岁，看来是没测错。”

“对的。”

“崔西是你的同类人？所以你来找她？”

“崔西比较复杂，她本来是这个星球的人，但她发生了一些变化，你知道她发生了什么变化。所以她不是我们同类人，但却又似我们同类人。这也就是为什么我们对她感兴趣的缘由。”

崔西虽然也是旁听者，但却对所说的一切觉得既很陌生又好像理所当然。因为她自从醒来后，一切都停留在二十五岁，虽然她知道自己现在事实上已经七十六岁了，所以对于王一与朱尽夏的对话，她非常迷惑但又觉得似乎解释了什么。只知道她比较复杂，是这个星球人，但很特殊，而这个特殊性使得她与王一比较像同类。“那么，王一不是这个星球的人？”崔西心里咯噔一下。她当然也是一个聪明人。

“也好，崔西有一个类同的人，甚至一群类同的人，至少以后等我们都走了，她不会孤独。那以后，我就把崔西托附给你了。看来，我们都只能暂时照顾一下崔西了。”

“谢谢你这么说，我知道我是可以跟你说这些的。跟其他人就不能说这些。”

“你知道？你什么都知道是不是？你不光光知道我，你知道我们每一个这个星球人，这个被你称为半夏星球的人。对不对？”

“是的。虽然我知道你会知道，但当我看到你知道时，我还是挺吃惊的。这种吃惊的情感我们在这个星球一般是用不上的。因为几乎没有我们不知道的事。”

“几乎？那就是还有一些你们是不知道的？”

“是的。”

“这倒是有趣。”朱尽夏老人开始笑了起来，她一笑起来，就没有了年龄感。

“我们大概知道 99.5%吧，还有 0.5%是我们无法知道也无法理解的。毕竟这不是我们的星球。”

“你们在我们这个半夏星球的人多吗？”

“不多。”

“把来我们的星球视作美差还是枯燥的工作？”

“美差吧。我们的寿命太长，不想办法打发时间会觉得出离无期。”

“如此说来，你已经了解整个这个星球的人类的历史了？及了解全部曾经生活在这个星球上的人？”

“没有。我到得晚。毕竟我们还要在航天飞行器上渡过漫长的时间。我在飞行器上渡过了这个星球年龄的五千多年，我是五千多岁时出发离开我们星球的。所以我在这个星球上还只有三千多年。我们的前辈已经看到过了这个星球人类的几番兴衰。”

“这个星球人已经几番兴衰了？我们目前人类的历史只是其中的一段？”

“是的。是当前正在进行的一段。”

“天文研究是你们一个很重要的项目？”

“没错。虽然我们有八万年的寿命，但我们的星球相对于宇宙来说，还只是沧海一粟，相对宇宙的年龄来说更是短短的一刹那而已。研究天文是我们每个人的爱好。”

“真不错，我们这个星球人再想怎么研究天文，再想怎么寻找外星人，都被困于短短一百年的寿命中，还未来得及到达外星就寿尽了。所以我们研究超光速，想在速度上来弥补这个短处。但你们这么长寿命，在天文研究上还真是大有可为之处。”

“是的，但因为我们没那么迫切要实现人生目标，其实目前科技的发展水平与这个星球人相比，并没高到哪里去。这个星球人科技的发展速度让我们开始有点感到了威胁。”

“所以，要出面干涉了？”

“只对某些方面。”

“比如？”

“比如对延长寿命及拓展生命广度的研究。”

“所以崔西的存在让你们不安了？”

“好奇更多些。”王一终于也笑了。崔西在一旁静静地听着，一直未搭话，这并不意味着她没在思考。实际上，她思考了很多。她好像终于明白了发生在自己身上的那些特异现象。

“为什么你们长得跟我们这个星球人没啥区别？我目前眼中所见的只是一个假相还是你实际就是长成这样的？”

“实际就是长成这样的。我们与这个星球有很深的渊源。这是一个秘密。我不被允许说出来。您这么聪明，不防作些研究推测，如果是你们研究推测出来的，我们自然也没话可说了。”

“我们自出生就会仰望星空，就会对星空作一番思考，就会想那里是否有一颗星里有与我们一样的人生活着。看来，这是刻在基因里的烙印，目的就是不要忘了去寻找你们？”

“你思考的方向是对的。”王一只含糊地回答道。

“但我们从来没想到，其实你们一直与我们在一起。不管是什么目的，监控也好，研究也好，好奇也好。只是你们从来没有露面，现在因为崔西，终于露面了？”

“从来没有露面的说法是不对的。人类的前数不清的世代和现代都也偶有崔西那样的人出现，我们也都是露面的。只是因为我们只在有选择的人面前露面。比如我，我只在你和崔西面前说这些，是因为我确信你为了崔西，不会把我们的秘密传播出去。当然你们还是会以各种方式，提示暗示有我们这样的人的存在。这个星球人的狡猾是超过我们了。”王一再次笑了起来。

“比如在复活岛上留下仰望天空的巨石头像？”

王一只是笑着。

“所以你的老龟在复活岛爬上了吴行健他们的火箭，是专门选择了地方？”

“都让你说了，我还能说什么？这个星球人在某些方面已经超过了我们星球，现在我们只有0.5%不了解这个星球人，以后恐怕会越来越不懂这个星球的人。”

“这个威胁对你们是很具体的吗？”

“是的。不过，这个星球人有致命的弱点：等你们的科技超过我们的时候，你们的文明也到尽头了。然后一切又从头开始。”

“你们看厌了这个过程？”

“每个过程都是不一样的，不可能看厌。再说，每次来这个星球的我们也不一样。”

“我们原则上是不干扰任何这个星球人的正常生活的。我今天已经说得太多了。我不能再说了。你们自己去发现吧。”王一不愿再透露更详细的情况。

但不用说，任何这个被称作半夏星球的人的信息他们都是知道的。不光知道当前的这个星球人信息，像王一，甚至知道最近三千多年来的任何这个星球人的信息。

朱尽夏突然有一种不寒而栗的感觉。

这对这个星球人是好事儿还是糟事儿？不管怎样，外星人她是遇到了。还聊上了。以后还将继续打交道。她突然有一种冲动想去翻翻日历。看看今天这一页是不是真实存在。

“说了这么多，还不知道你们叫什么星球呢？”

“这个你们也不必知道，因为我们星球的语言其实与你们是不一样的。即使知道，对你们也没有任何用处，就叫我们 X 星球好了。”王一刚刚还温和可亲，现在已经冷若冰霜。捉摸不透的眼神似乎真的透着一万多年光阴的沉积。

不过，当到他转向崔西时，他又恢复了温和可亲。

“崔西，以后你会有非常非常长的时间停留在二十五岁，差不多是人类的八百年。那时，你身边的亲人们一代一代地都走了。不过，你不用怕，你有我们。”

朱尽夏听到这儿，悲从中来。以她目前的年龄，她只能陪伴崔西非常非常短的时间了。希望在有生之年，能把自己所悟所得都留给崔西，不知这算不算奢望，不知还来不来得及？好在听王一说，这个星球的人的智慧与科技并不比 X 星球落后多少，有些部分还超过了 X 星球。但愿她留下的所悟所得能帮助崔西渡过在这个星球上以后的漫漫岁月。崔西可能一辈子都将是这个星球的异类。好在还有几个像王一那样的 X 星球人的陪伴。

“崔西以后有可能跟你去 X 星球吗？”朱尽夏突然有了一种要为崔西的前程考虑周全的打算。就像女儿出嫁前，做母亲的想确定把女儿交给一个陌生人的手中，她的宝贝女儿的余生一定会被好好对待。

“崔西可能不会适应我们星球的环境的。不过，不用怕，我们星球的人总有一些人会被派遣到这个星球来的。而且，我也说过，我们星球与这个星球渊源深厚，我们不会放弃这个星球不管的。”

“但你们眼睁睁地看着这个星球文明一次次的陨落。”

“我们只是观察者，看管者，不是干预者，这个星球文明自有它成住坏空的阶段，是我们所无法阻挡的。再说，我也说过，在将空的阶段，这个星球的科技文化已经超过了我们的星球，我们只能无能为力地看着文明的陨落。”

“这陨落里面有没有你们的推波助澜？”朱尽夏尖锐

地问。

王一选择了沉默。

# 十七. 消失

吴行健知道崔西的存在会引各个方面的关注。王一就是其中之一，虽然他只字未提及崔西，只是带走了一个老龟。但他当时就意识到要尽快把崔西送走。

送走了崔西后，他等待着，等待着有什么事会发生。他每天都在等待，每天都处于警觉的状态。但什么事都没有发生。

夏去秋来，秋去冬天，冬去春来，春去夏又来，时光匆匆地走着，转眼间，一年过去了。又到了盛夏。

他终于认为是自己多疑了，就像朱尽夏说的，人老了都是疑神疑鬼的。一切可能都只是自己的疑心造成的。王一和乌龟的年龄只是测错了。根本没有一万岁多的王一和乌龟。也根本没有各方面的人关注着崔西，崔西只是他的宝贝女儿，对于他而言，极其宝贵，是无价之宝。对其他人而言，只是一个陌生人。何必要关注一个陌生人呢？而且崔西苏醒后容貌保持不变这事除了他、朱尽夏和崔西本人之外根本没有人知道。他的保密工作做得足够好。至于王一是如何从复活岛过来的，他想了又想，从承认是自己多疑的那刻起，他只得认定王一没有说实话，他可能就只是受附近的人委托过来的，或者王一确实从复活岛过来的，但是是在那之前就过来了，然后才受附近的人委托来取回乌龟。

他终于认为他这辈子真的没有后顾之忧了。

但他没想到，他的麻烦才刚刚开始。

吴行健回到西方世界，回到他自己住的无尽庄园，在那一年间，因为担忧，因为警觉，他过得并不轻松。但一年后，当他认为危险只是自己的想像，根本只是自己的疑心后，开始了真正快乐的晚年生活。崔西醒来，被带去东方世界，在东方世界开始了她的生活，与朱尽夏交流带来的都是她的好消息。吴行健知道朱尽夏能干，但没想到，朱尽夏这么能干，仅仅一年，连她们生活的包荒园都实现了自给自足。

他终于可以放下了心中一件最牵挂的事。他开始变得快乐。他觉得他拥有了真正的自由。

吴行健有一颗相对豪放的心，他抓得住事情的主干，重心，但对于枝枝蔓蔓的细节他相对不会想得太多。他没想到他把崔西托咐给朱尽夏，其实是给了朱尽夏一个很大的课题，就是如何帮助崔西重新建立与世界的连接。好在，东方世界与崔西昏迷前的世界相差不大。至少在大环境上让崔西没有陌生感，需要建立的只是人与人之间的连接。

没有了后顾之忧，吴行健开始没那么节制自己了。他不需要再那么自律，一百岁了，即使再活十年二十年又能怎样，他在这个世界的任务可以算是完成了，剩下的是些可做可不做的收尾工作，再不从心而欲享受人生美食美景更待何时。于是，白天会多喝一杯咖啡，晚上悠悠闲闲乘乘凉望望天也会喝点红酒再去睡。

吴尽与吴夏的不时拜访也让他开心。

吴尽因为有一个马场在附近，所以她除了拜访祖父，主要还要去看管她的马场。而吴夏则会帮他重新规划一下园艺，为无尽庄园院子的角角落落添加几个自己雕刻的雕塑。

当然最让他开心的是与老猫和老马聊天。他现在已经没有老伴了，崔西也去东方世界了，老猫和老马就是他的老伴。

他越发很少离开无尽庄园。

夏天也渐渐地悄悄地过去，一忽已经到了八月底，八月底算是夏天的末梢了，很快秋风就会把树叶吹起吹落，留下一树树光秃秃的枝丫。

人世间的生老病死爱恨情仇的故事还在如常地在这个星球进行着。

对于吴家来说，最近比较大的一件事是吴尽前阵生病了，尚在住院中。不过现在已经好得差不多了。

另一件重要的事，是吴天悯的生日的到来。

七十岁，照例是个比较重要的生日，人世间想尽办法来庆祝一切可以庆祝的日子，给短暂人生制造可以回味的甜馨。七十岁的生日是其中之一。

何况，吴勉还决定拿吴天悯的七十岁生日做文章，来宣传一个星步公司的新产品。吴勉虽然在吴天悯的生命动力公司工作，但随着吴行健完全退出星步公司，他开始慢慢地接替起星步公司的管理工作。

吴天悯生日的那天，吴行健破了一个例，去了西方世界的中心地带吴天悯的家中参加了吴天悯的生日会，享受一下四世同堂的天伦之乐。除了吴崔西，吴尽和吴尽的妈妈袁沐莉，吴行健大家庭的人都到齐了。

吴家习惯了近些年来吴行健因为吴崔西而缺席这种家庭聚会。而这次吴行健居然破例愿意来参加吴天悯的生日聚会，都很开心。而吴尽的病也好得差不多了，所以大家也都不再担心她，也才有心情举行这个生日庆祝。

但吴尽的妈妈袁沐莉则不想在吴尽还未完全康复前参加生日会，还在陪着吴尽。而且她信佛，不想麻烦公公婆婆还要替她专门准备她的素食，而且借着这个生日，他们还有其它目的，是要推广星步公司的新产品，袁沐莉向来不掺和星步公司及生命行动公司的任何事务，所以对于这个新产品的推广也觉得没有义务和兴趣参加，所以没来参加生日聚会。

吴尽生病后，她的马场就暂时托给了吴行健照顾，因为她的马场就在吴行健无尽庄园外面。所以吴行健除了照顾家里的老猫和老马，还要暂时照顾一下无尽庄园外的一百匹马。

人间的生老病死谁都无法逃脱。吴尽年轻，二十三岁的她还未经历人生的大事，所以生病是她目前生命中比较大的事了。

人一进入医院，就不由得变得脆弱。

吴尽是因为肠胃不适住进医院的。与她同住的黑人老太太年纪很大了。老太太是因为心肌梗塞住的院。听说这次是一年中的第二次了。不过老太太很镇定，安安心心地住着院，不急不恼。她的两个孩子，一个大概五十多岁的样子，一个大概四十多岁的样子，都很孝顺。给她带来好多好吃的。

老太太一点都不抱怨。脾气非常的好。好像她只是面对了一个很小的病。医生来访时，她也安安心心地听着医生说："第二次是很危险的事了，下次一定要小心。"之类。她也只是诺诺答应着。但她的神态一点都没有惊慌的样子。

吴尽很钦佩老太太的镇定。她却做不到。她左想右想，总不免往严重的方向去想，心里总是慌慌的，很难做到既来之则安之那种泰然。当然也是因为她还年轻。在这个年纪，住院可不就是一件很严重的事吗？

但也不是其他住院的老人都能做到像那个老太太一样泰然。晚上，医院的走廊对门靠右处就传来一个男性老病人一直喊护士的声音。很慌乱，很惨厉的声音："救命啊，来人啊。受不了啦——"一声一声地喊。特别在深夜里，这种声音一直在走廊回绕，发出回声，把吴尽的心都喊得抽紧了。

护士大多数都是仿生护士，是机器人。仿生护士们缺乏同情心，程序里没有写入这么一条人道主义关怀的义务模块。而位数不多的真正的护士们好像已经习惯他的叫喊声，有更严重的病人等着他们的关怀照料，所以对那个男性病人的叫喊都置之不理。但听着他的喊叫声，无疑就像他已经到了最危险的时候。护士们清楚每一个喊他们的病人都认为他们自己的病是这个医院最重大的事，他们自己经历的都是最危险的时刻。每个人心里，只有他才是世界的中心，唯一的中心。但在医院的眼中，他们都只是病人，是损坏了需要修理的工具，是服务对象并以此服务用来挣钱的来源。

特别是后来几天，老太太已经出院了，那个房间只剩下她一个人，而当她的妈妈袁沐莉父亲吴勉或者她的妹妹吴夏还未过来陪她时，这个声音就像是恐怖片像鬼片。

吴尽在心里直念佛，这个时候，好像也就只有念佛声能给她安慰。否则，应该向谁救助呢？虽然吴尽平生都没有宗教信仰，但在这个时候，她妈妈潜移默化的作用显示出来了。

吴尽在住院部的几天，深感生命的脆弱。

她妈妈来陪伴她了，她好像找到了依靠。

袁沐莉说：“不要左思右想，胡乱猜测。我们可以把胡乱猜测的时间用来念南无大慈大悲救苦救难观世音菩萨。并把这个念心回向给这个医院的所有病人，让他们都能忍受痛苦顺顺利利地出院顺顺利利地得到治愈。”

母亲的声音有很强大的按抚作用。吴尽就在母亲的指导下，安安心心地念着："南无大慈大悲救苦救难观世音菩萨。"因为母亲说，观世音菩萨是人间的菩萨，而且是以女性的慈悲形象出现来渡化人间的，遇到危险需要求助时喊她的名号最灵。

虽然西方世界的科技已经很发达了，但人一旦到需要求助的时候，宗教还是起着安抚人心的作用。

母亲还指导吴尽念《心经》："......色不异空，空不异色，色即是空，空即是色，受想行识亦复如是......是诸法空相，不生不灭，不垢不净，不增不减......心无挂碍，无挂碍故，无有恐怖，远离颠倒梦想...,.."

吴尽虽然没有任何宗教情节，但在病中，她还是依着信仰佛教的母亲安安心心地念着佛号。并诚心诚意要把这个功德回向给这个医院的所有的病人，希望他们也能像曾同室的老太太一样心无挂碍，安心养病。

在生病期间，吴尽不再是一名彻底的无神论者。她知道有很多的力量都要比她强大。人生无常，在无常面前，人只是像一只风筝，任由风向改变着方向和高度，除了牵在手中的线什么都靠不住。在天地间，任何风筝都是渺小的。

吴天惘对于操办这个生日晚会总体上是认同的，特别是他的父亲也答应参加，他父亲已经在家庭聚会中缺席有十年了，自从他父亲和他母亲搬去无尽庄园后就再也没参加过这类家庭聚会。

安稳的生活成功的事业带给他安定的感觉，但七十岁的年纪又让他感概他也老了，又下了一级生命的台阶，这个感慨又不免给了他一点忧伤的表情。

吴天惘长得更像母亲夏照，鹅蛋脸，小嘴巴，但浓眉大眼却来自吴行健的遗传，而且也像吴行健和夏照一样有一头茂密的头发。七十岁了，头上还只有难以觉察的几根白发。吴天惘性情温和善良，行事之间带着点疑虑慎重，与吴行健大刀宽斧的形象相去甚远。

他的儿子吴勉的作风则更像他的父亲吴行健一些，吴勉举手投足间也有吴行健那种豪放，精力充沛。也对吴行健的公司感兴趣，所以吴勉虽然大部分精力在与吴天惘一起搞生命行动的研究，他的一小部分精力却是用在管理吴行健那已经很成熟有一个成熟的经理人班子能自我运转的星步公司。而且因为他近来对星步公司的兴趣越来越高，他很有可能以后会把大部分的精力放在星步公司上而渐渐地退出生命行动公司的具体业务。

这次借吴天惘的生日推出星步公司的新产品的方案就是吴勉主导的。吴勉也有一双浓眉大眼，还有遗传自母亲秦泊的方脸及坚毅挺拨的鼻子。他笑声豪爽，为人大方，给人很值得信任的感觉。

具体说来，他要推出的新产品就是举行吴天惘生日聚会的房子。那不是普通的房子，而是全部都由玻璃组成，全部透明的房子，即使是洗浴室洗手间卧室也都是全透明，而且那个房子能漂浮在空中，能行驶，靠最新科技采集太阳能供应所需要的能量。

能行驶的房子，能漂浮在空中的房子在西方世界已经不稀奇了，西方世界的空中现在就行驶着会飞的车子，把车子改造改造，就有了会飞的房子。

稀奇就在于这个产品全部透明，晚上的时候，在这样的升在空中的房子中生活，等于置身于星空中生活，在这样的房子中漫步等于置身于星空中漫步，很切合星步公司“星步”这个名字。所以那个房子就叫做星空漫步屋。稀奇还有于洗浴室洗手间和卧室也全透明，但当人上洗浴室和洗手间时，或者在卧室睡觉时，利用光线的折射和弯曲，外面的人却是看不到内部的影像。

这个产品的外观设计则出自秦泊和吴夏之手，独特的外观设计加上独特的功能，使该产品成为了艺术和科技的结合品。

吴夏与吴尽长得很像，不过眼睛则更像母亲袁沐莉，不大不小，眉毛也不浓不淡，一切都恰到好处点到为止。吴夏比吴尽更有主见，脸上带着压抑不住的张扬神采和自信，看着她，就感觉她好象对命运的一切都在掌握中。这种张扬和自信配上她的青春活力很是动人，但又让人觉得浅了一点，好像一眼就看到了全部。不过她确实还年轻，还没有经过生活的打磨。一直来顺风顺水，从小就干着自己喜欢的事，很早开始享受着成功成名和胜利的人都是这副踌躇满志志在必得的模样吧。

吴行健看到吴夏踌躇满志的样子，有时候忍不住想打击一下他曾孙女的气焰。有自信心是好事，但过头了就变成骄傲。吴夏没有什么可骄傲的。不错，她有才华，他们也都以她为傲。但这个世界上有才华的人多了去了。她有目前的成绩，很大的一部分原因是吴家给她创造了机会，用金钱铺路用金钱做保证买来的机会。那些比她有才华的人有谁能得到像她那么多的机会？

而这个世界上最难得的是机会而不是才华。才华可以因为得到机会而得到开发和绽放。但有才华的人很多一辈子都得不到一个很好的机会。

是吴家帮吴夏创造了机会，铺就了机会。吴夏抓住了机会并使她的才华得到认同，她的才华又接着帮她得到了更多的机会。他很想让她认识到这一点，这有助于她变得谦虚。不过，他乐观的个性还是阻止了他的冲动：她的人生还很长，生活会慢慢地雕琢她，就像她雕琢她的那些石头。

吴天悯和秦泊住在一个豪华公寓大楼的顶层，整个顶层都是他们的家。秦泊生性喜欢热闹，喜欢城市生活，城市里有各种她喜欢的艺术展，有人间繁华的烟火，有小贩小商，有刚开始流行的时尚。她不喜欢住在郊区，什么都要比城市慢一拍，缺少烟火气。而吴天悯则生性随和，在生活上一切都听秦泊的。所以很多年前就已经从城郊独立的豪宅搬到了城市中心。

那个星空漫步屋已经停泊在顶层的晒台，参加生日会的人也都已经在那玻璃房子中。那个晒台有很大的面积，视野开阔，一部分早已经改造成空中花园，按照秦泊的审美风格，种满了种种奇花异草。但仍有一块很开阔的地带平时作运动用——跑道，网球场，篮球场，乒乓球场，瑜伽场一一齐全。现在这些运动场所都已清空，停泊着那个玻璃房子。

生日会在秦泊的宣告声中开始。

带着眼镜烫着大卷半长发性格开朗且开始发胖的秦泊宣告："吴天悯的生日会现在正式开始。"只见那个玻璃房子就于无声无息中升上了半空。而围在这个房子周围的是一些坐在飞行车上的拍摄记者和采访记者在见证着这一奇妙的时刻。

蛋糕却是普通的蛋糕，当然比一般家庭的蛋糕更豪华一些，更多层一些，更美味一些，更美观一些，但里面没有任何高科技掺杂其中。有奶油浇成的牡丹花，取其寓意花开富贵，有奶油做成的松树和柏树，取其寓意松柏寿年，也有一些奶油做成的寿桃，摆成一个寿字，都是几千年流传下来的人类的一些美好祝愿。

月亮升起，星星满天，月亮的余辉照耀着这个星空漫步屋，屋内除了点在蛋糕上的蜡烛任何灯都熄灭了，但沐浴在自然天光中的人们都能看清楚彼此的笑容。在透明的星空漫步屋里的人真的就像在星空中漫步。此情此景只应天上有。拍摄记者们都心里暗暗感慨称奇。在璀璨的星光下，吴天悯许下了对世界和对自己家庭的美好祝愿，吹灭了蜡烛。

吴行健过完儿子的生日晚会的当晚，没有回家，而是住在了吴天悯的星空漫步屋中。躺在星步屋中的床上观满天星斗，可能与在宇宙中遨游也没有很大区别吧，而且从星步屋中往下看还能看到万家灯火，这些万家灯火让人踏实，知道自己还在充满人间烟火的世界里而没有真的就在孤独寂寞的宇宙中。吴行健感到非常满足。也为星步公司的新产品感到自豪。

回到无尽庄园是第二天的傍晚了。吴行健发现家中的老猫和老马都不见了。而崔西生活过的房间被洗劫一空。连还没来得及倒的垃圾都不见了。说是洗劫一空，倒不如说是凭空消失。

吴行健马上感觉到这是冲崔西来的。

他庆幸一年前就已经及时地把崔西送走了。但他又很抓狂，他不知道是哪一方的力量干的。他一辈子搞科研，搞技术开发，关心的都是自己公司的事情。他在技术领域获得了很高的声誉，也给他带来了很丰硕的利益回报。但其实他这个人很单纯，对于除了科技领域以外的东西都知之很少。他聪明，知道怎么回避一些敏感的领域。但这一次，除了猜测这事可能与王一有关外，他真的猜不出他触到了哪个雷区。

没想到麻烦来得这么快，而且毫无头绪。就像是老猫老马及崔西的东西都凭空消失了一样。屋子里没有留下任何痕迹。甚至必经的过道上那棵倒伏在地上还来不及扶起的无尽夏绣花的花瓣都没有一片走样。

崔西的东西消失了倒还罢了，为什么老猫和老马也都凭空消失了？喂给老马的嫩草甚至尚有露珠，喂给老猫的水还在一直静静流着，但老猫和老马就怎么也找不到了。老猫走路轻倒是可以不留下痕迹，但老马怎么可能走出房子而不在地上留下马蹄。

他那时还没意识到，他的晚年生活将迎来了一个天翻地覆的变化。是他一百年的人生所从来没有预想到的。他的晚年就像又进入了一个新的人生。

他还来不及猜到一个头绪，想到的第一件事是与朱尽夏作一个沟通。给朱尽夏一个警示，可能朱尽夏那儿，崔西会有什么事发生。

但是他联系不上朱尽夏和崔西。管家也不知所以然，那天晚上明明见她们从婚礼回来的。他下班得早，没事就回自己在朱尽夏和崔西住的那部分的其中一间厢房看看书，很早睡觉了。他喊来那天晚上负责做夜宵的工人以及几个住在朱尽夏和崔西旁边二部分的工人连同一些孩子过来，有孩子抢着说："昨天晚上，有一个叔叔来拜访。他还与老奶奶和姐姐一起捞浮萍，后来还吃了夜点心。"做夜宵的工人证实那个孩子口中的叔叔大概二十四五岁的模样。又有一孩子说："后来很晚的时候，老奶奶和姐姐以及那个陌生的叔叔出去了。没有告诉任何人去哪儿。我曾偷偷跟在他们后面一会儿。可是后来，我一恍神，他们都不见了。"

这个信息让吴行健不安，到底是出去干什么？那个二十四五岁模样的男子又是谁？会不会是消失了一年的王一？但至少知道崔西与朱尽夏是在一起的，出于对朱尽夏能力的信任，吴行健略略放下了心。

吴行健的第二个反应是给自己的儿子吴天悯打了一个电话，本来只想告知一下老猫和老马的事，因为连吴天悯和吴勉他们都不知道崔西已经醒来，他把这个秘密保管得很好，怎么也没想到一下子好像人尽皆知了的样子。但现在看来他不告诉他也不行了。因为他虽然不知道崔西已醒，但至少知道崔西一直在昏迷状态中。

他尽量短地介绍了崔西醒来以及他把崔西送到了东方世界的事。尽量利索地告诉了老猫老马及崔西的东西不见了的事实。他多留了一个心眼，没有告诉他崔西一点都没有变老，她仍然是二十五岁时的模样。

吴天悯非常吃惊，没想到在自己生日的那天晚上，老猫和老马居然消失了。但对于老猫和老马的消失也仅限于吃惊。他更吃惊崔西居然昏迷那么多年后又醒过来了，而他的父亲居然把她送走之前，不让他见她一眼。

崔西是他的姐姐，他与她从小感情就很好。他姐姐做事机智勇敢，而他相对胆小软弱，姐姐从小就是他的保护伞。

崔西二字是由英文名翻译过来的。吴行健他们刚到M国的时候，为了更好地融入社会，华裔中流行给孩子取英文名。但后来，渐渐地风气又变为保留中文名，并把中文名的拼音成为他们的英文名。所以作为吴行健的第一个孩子吴崔西，她与吴行健和夏照一起到达M国后，吴行健就给她取了一个英文名，而把她的中文名也改了，改成由英文名翻译过来的，而当有第二个孩子吴天悯时则又根据当时刚刚时兴的新时尚他的英文名就是中文名的拼音。

吴天悯刚读学前班的时候，他们的学校华裔少，他又生性怯弱，经常要被班上大一些的多数裔的孩子欺负，那时他姐姐在读小学六年级，他姐姐天不怕地不怕的，小小年纪就知道把学校的少数裔都组织了起来，哪个少数裔孩子受欺负，她就带着整个少数裔俱乐部的人去找人礼貌谈话，先礼而后兵。自己的弟弟更是容不得被人欺负。最混账的孩子也怕对手人多势众，于是渐渐地整个小学的氛围就变得一团和气，相亲相爱了。吴天悯在这种友好的环境中得以顺利地成长。他心里有对姐姐崔西的依赖和感激之情。

他对老猫和老马的感情没有那么深，毕竟只是动物嘛，而且都已经到了非常高寿的阶段，所以不像吴行健那么震惊和悲伤。

吴天悯对于他父亲把姐姐送到朱尽夏家倒是一点都不奇怪。他父亲一告诉他把崔西送到了东方世界，他就猜到了那一定是送去朱尽夏家了。他对他父亲与朱尽夏与杜浩一辈子的友谊很熟悉，从小就听到这两个人的名字，现在杜浩已经离世，所以他父亲肯定是把姐姐托咐给了朱尽夏。

吴天悯渐渐从震惊中平复过来，他开始担心老父亲一个人生活在那么大的一个无尽庄园，现在又没有了老猫和老马的陪伴，他会更加寂寞。

他让父亲现在就过去和自己同住。他和秦泊都早已空巢，而且家里有各种机器人管家打理，照顾一个老父亲想来并非难事。何况老父亲虽老，但一切自理，看上去身体也仍然很健康，他父亲也不必顾虑到要给他们添加麻烦。现在老猫老马和崔西的衣物失踪，接下来又会发生什么事呢？他可不想再有不可预测的事发生在他老父亲身上。

但吴行健执意不肯，因为老猫老马失踪了，而且可能与崔西有关，而崔西现在也联系不上。对她与它们的挂念让他已经把自己的安危置之肚外。

吴天悯无论如何都说服不了吴行健，于是约定第二天就再回到他的无尽庄园看看，到时再商量说服要不要把他接来和自己住。

但他也没想到，还未等他采取行动，吴行健也于第二天在他接到他之前消失了。

# 十八. 重逢

吴行健甚至不知道自己是怎么从无尽庄园出来的。

只知道他在心急与焦虑中昏昏睡去后，再次醒来，发现自己已经不在无尽庄园了。

不过，值得安慰的是他再次见到了他的老猫和老马。

这是什么地方？吴行健疑惑地环顾四周。他，堂堂一个知名享有声誉的人居然被人神不知鬼不觉地移到了这个陌生的地方。

吴行健一辈子都相信法律，遵纪守法，以为这个星球上的一切事都可以光明正大地解决。他是个坚定的和平主义者，他反对任何形式的战争。但即使战争，也都是公开宣战而不是偷偷摸摸进行的不是吗？虽然他开办公司过程中，屡屡被告，也有一些很艰难的时候，也有碰到被冤枉被诬告的时候，但都接受下来了，都走过来了。

现在居然被人不知用什么手段，偷偷地转移到了这个陌生的地方。他的后辈们甚至都将不知道去哪儿找他。

吴行健体面了一辈子，现在居然在一百岁高龄体面尽失。

直到现在他亲身经历后，才相信这个星球上有一拨人是只在暗地里行事的。那是绝大部分这个星球的人可能从来都不会接触也从来都不会知道的一拨人。但是，居然就让他吴行健给碰上了。

那个地方四面高墙，无门也无窗，屋顶深不见顶，一种与世隔绝的感觉。老猫和老马在这个环境中也分外地老实，都乖乖地不动，惊惧的眼神中甚至不表露出任何欢迎或亲近吴行健的意思。

看来都被吓懵了。

吴行健自己也深深地叹了一口气。他用鼻子深深地吸了一下空气。空气中有危险的气息，但他毫无头绪，不知道危险来自于何方，也不知道该找谁，能找谁，能不能找到谁。但他心里还保持着一份理性的分析，那就是这次莫名的“绑架”一定是冲着崔西来的，是因为崔西引来的。

他努力让自己平静下来，努力找一些事来思考，比如：既然无门也无窗，屋顶也深不见顶，他与老猫和老马都是怎么进来的？

“这不符合物理原理。”吴行健想。因为既然他们进来了，自然得有一个进来的入口。他用手一寸寸地触摸可以触摸到的四面墙壁，都没有任何暗门的存在，墙壁的材料是铜或什么金属制成的。

真的是铜墙铁壁了。

还好手上的表还能显示时间是早上八点。在接下来的二十四小时，他没有接触到任何人。他也不知道还能怎样联系到人，在这么一个铜墙铁壁之下，甚至没有任何其它的信号，没有其它的声音。想来老猫和老马都没有任何吃喝，而且它们谁都没显示出饿来，当恐惧袭来时，人和动物都忘记了饥饿。吴行键也没有想到吃，但他觉得有点渴，也只得忍着。铜墙铁壁中除了人和动物的呼吸声，心跳声，肚子因为饥饿的咕咕声，万籁俱寂。

平生第一次，他在充满惊惧猜疑及惶惶不安的心情之下，一夜无眠，迎来了第二天的早上八点。

# 十九．再次消失

吴天悯第二天去无尽庄园看望吴行健时发现他已经消失。

这一次轮到吴天悯惊疑了。而且他都不知道找谁去问，忽然之间无尽庄园的主人以及老猫老马都消失了。不知踪迹。

报了警，来了大批警察，却都没有发现任何线索。只知道老人前一晚应该心情不太好，咖啡用了两个杯子，而且每个杯子都还剩着大半杯。而酒瓶里的酒还有大半，说明即使在心情不太好的情况下，他也仍然保持了自律，未喝多于半瓶的酒。

这么大的一个星球，突然一个重要的科技界的人物不见了。记者们都闻风而动。一时间，共享世界到处都是吴行健消失的新闻。由警察联系了各个重要部门，甚至包括不在警察系统，平时都是独立行动不受这个系统管辖的那些比较神秘的部门。都不得而知。连东方世界的重要部门和隐秘部门都联系上了，返回的消息都是不得而知，未经其手。

# 二十. 天上人间

吴行健没联系上朱尽夏的那天晚上，朱尽夏崔西以及王一正在天上。

不是这个星球的最外一层大气层，也不是大气层之外的近星球真空层，而是在宇宙之中，群星璀璨的宇宙之中，广袤无涯的宇宙之中。

那天晚上，当朱尽夏和崔西知道他真的是来自别的星球，而且那个星球的人有八万岁的寿命，以及知道崔西以后也有如此长的寿命后，崔西说出了心中的疑问："我们怎样才能相信你所说的一切？你所说的也许只是一个精心编织出来的故事。"

"你既然来自外星，那一定有交通工具，那上次你去吴行健的无尽庄园也一定是用到了你的交通工具，为什么我们星球的天文学家及科学家们都没有发现和记录到你们的交通工具？”朱尽夏更具体地问到。

“抹去或改变测量仪器的显示信息对我们来说非常容易。”王一从容地答。

“那也没有人用肉眼看到你们交通工具的降落啊。至少在降落的时候，是会有人看到的，只要不是很小。”

“要让人的肉眼看不到对我们来说也只是小事一桩。只要让光线弯曲让我们的交通工具的形象的光线不落入人的眼睛，或者改变人在大脑中的印象即可，这两件事对我们来说都不是难事。”

“可怕！你们都能改变人在大脑中的印象？”朱尽夏惊叹说。

“这一点点的神通恐怕你们星球的人也都已经有人有能力做到了。”

“不可能！”朱尽夏感觉到自己全身的汗毛都竖起来了。

“好了，先不纠缠这些了。先来回答崔西的问题吧。你想要怎样才能相信我所说的一切？”王一把头转向了崔西。

“除非你用你的交通工具把我们带上宇宙，否则我们是无论如何都不可能相信的。”崔西说。

“对对，聪明。这是最好的办法。”朱尽夏立即赞同。

“看来只能如此了。”王一同意了。

当吴行健打电话给朱尽夏的时候，是他们在宇宙之中的第二天了。

浩荡寂静看上去静止的宇宙中就只有他们一个太空

飞船在飞行，就好像进入了一个梦幻，分不清是飞船在飞行宇宙在静止还是宇宙在飞行飞船在静止。他们自己的星球在他们眼中已经变成一颗蓝色的星星。那颗布满了海洋和陆地，布满了人和动植物，布满了各种人制造出来的高楼大厦机器物件的星球现在与宇宙中其它星星都没有什么区别。

“我想起来了，我小时候做梦曾经好几次做到过在群星中飞翔。不过不是现在这种祥和的影像，而是像恐怖片。我是人的身体在群星中飞翔，而群星变幻着各种队列阵势向我压轧过来，那些群星好像是活的一样，冷酷残忍，就像组成的一个蜂群，变幻着队列，一心想置我于死地，想把我挤成一块。我就拼命地逃啊逃啊，像在海洋中游泳，逃离追逐的鲨鱼群，挥动着胳膊变幻着身体姿势，奋力摆脱鲨鱼的追逐。而那些群星追啊追啊，才摆脱它们一会儿，又被追上来把我围在中间。最后总算逃了出来，落在了我们的星球。就落在了我老家的小河边。”朱尽夏突然回想起小时候一直困惑着她的梦。

她就是因为这个梦考研究生时报了天文学。因为她大学读的师范，所以读研时等于是从头开始学的天文，刚开始读研的时候比有天文基础大学时就学的天文专业的同学们，比如杜浩和吴行健他们，都要学得辛苦，好在朱尽夏大学读的是物理教育，学得虽然都不深，但学得很广，所有有关物理的学科都有所涉及，而科学知识在逻辑上又是相通的，所以读研究生第二年开始就赶上了同学们。

“如此说来，我们其实可能都是从别的星球来到我们现在的星球的。”崔西听完朱尽夏叙述的梦冷静地分析起来。

“那个别的星球就是你们的星球吧？”朱尽夏问王一。

“你们可以任意猜测，但我却不能告诉你们说得对不对。”王一笑了笑，然后说，“现在相信我来自外星了吧？”

朱尽夏与崔西其实早就信了，这时候算是得到了证实。

朱尽夏又想她小时候真的亲眼看到过 UFO，是她家邻居叔叔首先看到的。那时，也是夏天，他们都在阳台上乘凉，吃着西瓜和新鲜花生，聊着各种琐事。突然住在她家隔壁也在阳台乘凉的邻居叔叔说：“快看，飞碟。”她那时没戴近视眼镜，眼镜放在屋里了，看不清楚。她连忙跑进屋去戴上眼镜，再跑出来时，只看到一个蓝色的圆盘状的不明飞行物，以非常静的样子，慢慢地飞远，直到飞出眼所能及之处。那时感觉它飞得非常非常静，一点点声音都没有。后来有报道说那个 UFO 飞过的时刻，好多仪器都失灵了。而她邻居叔叔还说：“看见飞碟不希罕啊，我以前跟着我爸爸在海上打渔，看到过好几次呢。”原来，确实是有不明飞行物存在而且被人看到过。但那一次是她亲眼所见，给她的震撼不是别人或报道的描述所能比拟的。

于是她接着把她小时候看见 UFO 的事也说了。并问：“那就是你们的飞行器吗？”

“不是的，我们的飞行器是不会让人肉眼所见，也不会被仪器检测到。”

“那那些 UFO 是来自别的星球？”

“有这可能性。”

“所以我们星球上有可能不仅仅只有来自你们 X 星球的外星人？”

“我们也怀疑如此，不过到目前为止，我们星球的人还没有与除了你们星球的人之外的外星人打过交道。”

朱尽夏和崔西都默默地思索了一会儿。一旦确定了王一就是外星人后，反而觉得这么理所当然的结论还要他证明给她们看显得她们是有点大惊小怪小题大作了。

“现在我们相信你确实来自外星了，但是你的年龄怎样才能让我们相信呢？”崔西说。

“如果你跟着我飞上几千年再回到你们星球，你就会相信我。你也会相信你可以活得和我们一样久。不过这次不行，因为朱尽夏只是一个普通的半夏星球人。而且，她有一个老朋友正在找她。我们得回去了。”王一说。

“谁在找我？你又是怎么知道的？”朱尽夏问。

“去了就知道了。”王一答非所问。

回到包荒园时，日历上显示已经是第三天了，原来他们在宇宙中已经呆了二天多，但奇怪在这二三天中没吃没喝却一点都不感到饿。到了包荒园，这种饥饿的感觉才回来。吴行健失踪的消息已经广为人知。朱尽夏老人也即刻知道了。而且知道他于前一天的晚上还曾打过电话来问起她。而那时她刚好在天上。

她是多么聪明的一个人，马上就意识到吴行健的消失与崔西有关。她心里紧张，替吴行健紧张，也替崔西紧张。

却一点都不让崔西看出来。甚至她不改变任何崔西和她那天的行程。

那个时辰，他们的计划是要在牡丹园里剪牡丹花，牡丹花在东方世界已经改造得一直能开到夏末秋初。牡丹花不仅要用来装点包荒园的室内，在市场上也卖得很好。所以朱尽夏和崔西都没顾得上吃饭，加入了工人们剪牡丹花的行列。只是，在包荒园的牡丹园剪牡丹花时，朱尽夏的手抖了一下，一个枝儿连剪了几次才剪了下来。

“唉，还是得服老啊。”她笑盈盈地对与她一起剪牡丹花的崔西说。她一笑起来就没有了年龄感。

崔西看得出朱尽夏在故作镇定。她其实心里也很替老父亲担心，但也只能装着镇定。

“你既然知道我父亲在找她，那你也应该知道他现在在哪儿。”崔西压低声音，对也在一起剪牡丹花的王一说。

王一把剪好的一束牡丹花送给了崔西。脸色有点严肃地沉思起来。却是无语。

崔西虽然压低了声音，但在旁边的朱尽夏还是听到了。至此，朱尽夏才提起吴行健失踪的事。

“吴行健失踪了。是你们的人干的吗？因为几乎这个星球上的相关部门以及神秘部门都问遍了，都还不知他在哪儿。”

“不是我们的人干的。不过我知道他在哪儿以及是谁干的。”

“谁？”

“陆景生。”

崔西一听到提起陆景生这个名字，由这个名字带来的往事又全部回到了她的心头。

“陆景生，我记起来了，我昏迷前最后一个见到的人就是陆景生。”

朱尽夏的脸色大变。她知道这意味着什么。

意味着那个人不但要害吴行健，还与崔西的昏迷有直接关系，而且那个人害吴行健目标也是冲着崔西而来的。

“你与陆景生最近见过面吗？”朱尽夏问。

“应该没有啊。但是我想起来，我们大前天参加顾欣儿的婚礼的时候，有一个人让我突然产生很不愉快的感觉。”

“陆景生就是陆有松的祖父啊，天哪，我们三天前晚上都见到了那个陆景生。原来王一和你所指的陆景生就是我们在顾欣儿婚礼上见过的陆景生。”

“啊！难怪我每次见到陆有松的爸爸陆觅云都有一种似曾相识的感觉。不过在婚礼上陆景生他很老了，与他五十一年前完全是不一样的模样了。而且在婚礼上也没有人叫他的名字。”

“你重新说说你昏迷前的情形，这也许有助于帮我们了解为什么他要害吴行健。而且你突然昏迷一事对我来说也一直是一个谜。”朱尽夏催促道。

“那天是我的最后一天在陆景生公司实习，我自己申请的工作确定了，是一个大公司的永久职位。我在陆景生公司实习时间不长，不需要交接工作，而且那天又是我的生日，想留出一点时间采购生日派对尚未买全的物品，所以就决定当天离开陆景生的公司。我有朋友来帮我搬东西。我正在往车上装东西，突然脑子莫名其妙闪过一个念头：我有什么东西遗留在陆景生的办公室。于是，我就跟我朋友说了一声，上去取东西。结果到了陆景生的办公室一看到他，我的心突然告诉我我爱那个人，但这是不可能的，因为我当时有一个很相爱的男朋友林之峰，而且我根本没单独与陆景生说过话，怎么可能。但突然其来的感觉是如此强烈，我的脑子和心突然分裂了，我的灵魂迷失了，我在心里急了一下：‘不对，不可能。’眼前就黑了，那以后我就不知道了。后来，我好像做了一个梦，变成了一个十二三岁小女孩的样子，在一条河边捞鱼，一个白胡子白衣白裤的老人突然出现说：你妈妈在找你，赶快回家。我不想回家，他就拿出一个什么铃铛摇了起来，我就醒过来了。没想到已经五十年过去了。我醒来后，每次脑子回到昏迷前，心里就一直有一种‘有什么事不对’的感觉挥之不去。”

王一专注地听着，脸色很难看。

“王一，你快解释一下这是怎么一回事？”朱尽夏指望王一能对崔西的叙述作出一个解释。

“我们赶快过去找吴行健吧，找到他就一切都知道了。他现在有危险，我们去晚了就怕来不及。”王一没有直接回答。

“另外，我可以告诉你们，当我们刚在宇宙中时，陆景生来找过你和崔西，因为没找到你们，才去找了吴行健。”

“你什么都知道对不对？这也是为什么你同意带我们去宇宙航行，就是为了避开陆景生？”

“对。”

“为什么？他那么可怕吗？”

“到时你们会知道的。现在先让我们再坐一次我的飞行器去西方世界吧。”

“你既然什么都知道，那为什么当时不直接把我们带到西方世界？”

“我说过了，我们原则上不干扰你们星球的事。你们得自己搞清楚。不过事情涉及到崔西就有点不一样了，我们无奈之下也得破些例，因为崔西是个特例。”王一无奈地笑了。

# 二十一．陆景生

吴行健以为崔西昏迷了五十年，除了亲人早就没有人再关注着崔西，崔西于任何他人都已经成为一个陌生人，更何况他把保密工作做得如此之好。特别是等崔西已经在东方世界平安地生活了一年后。他还是天真了。

陆景生就是其中之一。

陆景生今年九十一岁了。他的儿子陆觅云因为搞戏剧对继承公司没有任何兴趣，且身体也一惯不好，而陆觅云的儿女都做了与他毫无关联的工作，所以他虽然已经高龄，仍在挑任公司的大梁。

我们说过，他的公司是研究生命的广度的，与吴天悯和吴勉的公司是间接竞争对手。

为什么说是间接竞争对手呢？因为如果生命的长度能够突破二百岁以上的话，那么就会有更少的这个星球人对拓展生命的广度感兴趣。而当一个人生命短暂，他就寻求把生命浓缩，让短暂的生命淋漓尽致地发挥每一分光和热。但如果生命漫长，则人就会把更多的时间用来挥霍和享乐上，那么对于拓展生命的广度就不会那么感兴趣。就像一个人如果他有很多钱，他就不会考虑把每分钱都化在刀刃上，但如果他拮据，他会充分利用每一分钱，让每一分钱都发挥作用。

但是，吴天悯和吴勉的生命动力公司虽然是陆景生公司的间接竞争对手，一方面，吴天悯和吴勉的公司目前进展不大，还只能大概延长人大约十年的寿命，离能增长一倍的寿命还差很远，另一方面陆景生也年纪大了，延长生命的长度对他本人来说也是有好处的。所以他并未把吴天悯和吴勉的生命动力公司真正放在眼中。

那为什么崔西的事会惊动了陆景生？

吴行健以为崔西昏迷后的事陆景生是根本不知道，也不想了解，而且陆景生自从崔西昏迷后确实也从未过问过崔西的事，更因为夏照自从崔西昏迷开始对陆家有了忌讳，更是从此与陆家没有了任何的联系。但其实陆景生一直都在暗暗关心着崔西，关心了四十年，只不过因为确实长时间看不到崔西有任何复苏的消息，又想着即使崔西醒来自己和崔西也都已经老了，所以自从吴行健和夏照搬去无尽庄园以后，才停止了对吴崔西日以继日的关心。

这个世界上，谁还没有一点秘密呢。而陆景生的秘密是：他知道谁是导致崔西昏迷一事的始作俑者。只是崔西昏迷这事出乎他的意料。他不知道当时为何崔西会昏迷过去？

他把这个秘密藏得很好，甚至藏得比吴行健还好。吴行健至少还是让朱尽夏知道了崔西醒来与容颜保持不变的秘密。

而陆景生自信这个秘密只有他一个人知道。

五十一年前，他还只有四十岁。是生命广度研究界冉冉升起的一颗明星。已经成家立业。有了十岁的陆觅云。

他从小都是别人家的孩子。长得英俊修长，学习成绩卓然不群，在同龄人中如鹤立鸡群。是别人家长眼中的模范学生，别人家的孩子眼中的榜样。那怕是谈恋爱，也是规规矩矩的。该牵手时牵手，该接吻时接吻，该结婚时结婚。

唐竟追的陆景生，虽然这在陆景生心里造成一点点遗憾，因为终究不是自己追到的，但这不正好说明自己的魅力吗？而且他虽然学业上优秀但对于追女孩子这件事却是一点都不会，要是被喜欢的女孩子拒绝了，那可如何收场？面子往哪里搁？让人知道了还不在背后都嘲笑讥讽他：原来他这个模范生也有软肋。每次当他想到这一点，他又庆幸是唐竟追他，使他可以不冒被人拒绝的风险。而且唐竟也长得好看，自己挑的还未必能挑到这么好看的呢。

陆景生家的背景没有唐竟家那么优越，但也还算殷实，一帆风顺。再加上陆景生学业上的出挑容貌上的帅气给他加了分，这门亲事算得上门当户对，不是什么富家女慕才下嫁穷秀才的故事。与唐竟结婚后，陆景生也是一个模范丈夫。他不吸烟，不喝酒，不泡吧，不赌博，不出轨，不玩游戏。一切不良习气都与他无关。

三十五岁时，又随着Z国当时的出国大潮举家来到了M国开拓自己的事业。没想到他的事业发展得那么顺利，短短五年就发展起来了。唐竟的英语专业也在他最初的创业期间给了他很大的帮助。

如果真的要从他无懈可击的人生挑一个缺憾的话，那就是他的妻子的早逝。唐竟在五十一年前，因为忧郁症跳楼自杀。

那是陆景生认识吴崔西不久的事了。

唐竟在吴崔西妈妈夏照的朋友圈里。是冯征珍介绍进去的。冯征珍的父母与唐竟的父亲都原来是同一个大学的教授，唐竟的父亲后来成了该大学重要学院的院长，等于是成了冯征珍父亲的领导。两家关系不错。两家孩子也会互相串门玩。冯征珍比唐竟大八岁，可以说是看着唐竟长大的，后来唐竟选择专业的时候也因冯征珍的影响读的是同一个专业：英文。

陆景生和唐竟出国之初，人生地不熟，一切都要从头重新开始。而那时冯征珍的贷款公司已经在M国发展得很好了。所以唐竟好多事情都会去找冯征珍咨询。精明的冯征珍在唐竟和陆景生刚在新世界立足时帮了他们很多忙，当然她自己也没吃亏，唐竟和陆景生他们的几次买房都是通过冯征珍的贷款公司。

冯征珍还把唐竟引入了夏照的吃喝团。冯征珍说：“别小看这个吃喝团，你进入这个吃喝团就等于进入了华人精英圈。这个吃喝团的太太们不是本身就独挡一面就是她们的先生都是各行各业的翘楚，在这个吃喝团没有什么事情是办不成的。”于是夏照携众友去到处吃喝时也总有唐竟的身影。

第一代华人在M国一般没有亲戚，从人情社会过来的他们来到M国后仍然离不开人情社会中积累的那些习惯，其中一个习惯就是喜欢拥有一个朋友圈，“在家靠父母出门靠朋友”，这个几千年流传下来的传统是古人智慧的结晶，不会有错。就成立了好些这样那样的小团体，小的是以三二朋友聚会的名义，大的有以老乡有以共同的兴趣爱好有以校友有以商务等名义成立的大大小小的团体，应与亲戚们一起度过的节假日如圣诞节感恩节等，在第一代华人那儿一般都会以朋友或小团体的聚会来替代。

虽然有些华人厌烦透了原来在Z国人情社会的那些应酬交际而发誓到了M国一定要摆脱远离这些无聊的应酬交际，但是一旦到了这个人生地不熟的国家，发现原来厌烦透了的那些应酬交际成了在异国摆脱陌生感建立安稳感的基石，于是不由自主地发现自己又加入到了各种应酬交际的小团体中去了，这次却不再是厌烦而是在异国生活的需要。夏照的吃喝团就是其中之一。它们起到了让华人有归属感认同感稳定感的作用。不光如此，由于夏照的吃喝团里的人都是一些华人精英或者华人精英家属，所以她们的吃喝团起到的作用就更广泛了，能加入的人都彼有一些身份的自豪感。有点类似于以前西方一些国家上层阶级举办的沙龙，或者一些有名气的俱乐部。谈笑有鸿儒，往来无白丁。

不久，陆景生公司发展起来了。唐竟和陆景生他们的生活也过得很好了。陆觅云被送去一家有名的私立学校读书，买了一幢新的豪宅。一切看上去都很完美。没想到刚搬入新豪宅不久，唐竟竟然跳楼自杀了。

他们的儿子陆觅云坚信自己的母亲一直是一个乐观开朗的人，从小家境优越，也没有什么心理扭曲，没有什么可忧郁的原因，不可能有自杀的动机。但这个忧郁症跳楼自杀的结论是由官方得出的，不是家人的臆想，而且陆觅云那时候还是一个孩子，是不会知道成人世界是多么复杂的。开朗的外表下很可能埋藏着一颗极度忧郁的心。所以世人除了同情陆景生中年失妻及陆觅云幼年失母外，也没有任何小道消息阴谋论八卦在街坊间在小团体间传播着。

因为母亲的早逝，使得陆觅云的兴趣爱好发生了很大的改变。从兴趣广泛到只沉迷于戏曲，戏曲成了他的逃避之所。唐竟的父母决定让陆觅云回 Z 国住一阵散散心，结果一场大疫限制了陆觅云再回到 M 国，而等可以回去 M 国时，陆觅云也不想再回 M 国了，他本来就才在 M 国呆了几年，Z 国才是他的故乡，M 国没有了他的母亲就不能再算是他的家了，陆觅云外祖父母都宠他爱他，而且他爱好越剧京剧，这个爱好也只有在 Z 国才有发展的土壤，他就这样在 Z 国定居了下来。

陆景生则在 M 国，后来的西方共享世界立稳了足跟。

谁都不知道，自从陆景生遇到吴崔西后，陆景生的世界变了。他突然知道了什么叫神魂颠倒。

# 二十二. 陆景生的秘密

崔西那时候 MBA 刚刚毕业，但自己申请的职位还没有最后确定，想先找一个公司做实习生渡过这个过渡期。夏照在一次吃喝团的聚会中谈到了这个小小的烦恼，因为她知道吴行健会以古人易子而教的智慧拒绝崔西在他的公司实习的。冯征珍立即就说，不如让崔西去唐竟的丈夫陆景生的公司实习。唐竟因为来美国后受冯征珍及夏照吃喝团的照拂彼多，一方面也想有个回报，另一方面也趁机炫耀她也是像吃喝团的成员那样一个电话打过去就可办成一件事情的精英人物。就这样崔西顺利成章地去了陆景生他们公司做实习。

而陆景生对那些招实习生的事并无过问，所以最开始根本不知道她是吴行健的女儿。因为他们刚到 M 国的那几年，崔西刚好就在外地读大学随后读 MBA。他们从未碰过面。

崔西那时还未到二十五岁。正是最好的时光。自从他第一次看到崔西以后，就对她念念不忘。无奈，他生性拘谨，一直都是个模范生，突然碰到自己从未有过的感情不知怎么办好。而且，他已婚有孩，现实中大家也都把他当作私生活非常严谨的人看待。

他的妻子唐竟就是在那个期间跳楼自杀的。

那他更得约束自己，否则人家会怎么想呢，自己的妻子刚走不久，他就开始一段新感情，这会把他所有建立的好形象都败光的。而且他也不知道如何追求一个女孩子，他没有追求女孩子的经验。

他对他妻子的离世一点都不同情。因为他与她这些年相处下来，深深感觉到她缺少一个女性的同情心。可能是她的家境太优越，想得到什么都可以得到什么，在家里一直把自己当作女皇。更可怕的是，她缺乏对动物的同情心。虽然他自己也不是一个喜欢小动物的人，但他妻子死前做的一件事，让他对她充满了深深的厌恶。特别是当他拿她与崔西作比较时。

那个猫本来是完全可以不死的。

猫即使把它们放到大自然，它们都能自得其乐，自食其力，它们不像狗，狗必须依赖于人类，而猫是能自己捕食独立自主自力更生的。所以猫与人生活在一起，勿宁说是它们牺牲了它们一定的自由来爱这些喜怒无常的人类。

猫是不欠人类的。

而他的妻子养猫也不是因为喜欢猫，只是因为她的朋友圈朋友大多养猫，为了在她的朋友圈里有一个共同的话题才养的，就跟她赶时髦买一个名牌的最新款包没什么区别。

唐竟的父亲是大学教授和学院的院长，母亲是医生，但因为他们太有事业心，对女儿唐竟从小关注不是很多。他们对她的关心主要就在于满足她的一切物质要求。只要唐竞提出要买什么要想干什么，他们无不想方设法满足。他们说："女儿要富养。"可惜只富养在对物质的满足上，对于她的情感需求，没时间了解，也了解不多。

唐竟在朋友中建立的权威也是凭着物质，什么都要比别人好。别人有什么，她一定也要有一个更好的。男朋友也是如此，陆景生仪表堂堂又没有不良习气，深得她的朋友圈朋友的好感，所以她就要把他揽为男朋友，接着成为她的丈夫。

她到M国后，发现朋友圈开始流行养猫，她也不管自己不喜欢猫毛会掉在家里到处都是，猫会把她家的家具挠坏，也要养猫。给猫买衣服打扮过生日，各种时髦一个都不落下。猫与陆景生一样，都不过是她生活中的道具，是可以拿出去炫耀的一部分。

陆景生可以说对于如何追一个女孩子的知识是一片空白。有人追他，家世优越，女孩子也长得漂亮，他好像没有任何理由拒绝，想追唐竟的人都排到国外去了呢，他不接受这份感情自有众多的男性排队等着这份好运。而且唐竟最初也是表现得温柔可人。谁都觉得娶了她是他的好运，这个婚姻让他从此稳稳地进入了上流社会。虽然他隐隐觉得爱与被爱，可能还是爱的人比被爱的人更幸福些。象他这样只被爱过而从未爱过人的人始终缺少了一个生命的体验。

陆景生也很快明白了自己在唐竟心中的地位。他无所谓。他以为婚后的生活可不就是这样的嘛，大家都差不多：无聊，有序，习惯了就可一直将就下去。再说，他的生活中唐竟也没占什么重要位置啊，他的生活几乎都被他的事业所占，留给唐竟也只是一个模范丈夫这么一个设定。

来到 M 国的第五年，事业起来了，财务上也富裕起来了，他们就着手换房，通过夏照吃喝团的一个房地产中介也是冯征珍贷款公司的合作伙伴高以群在一个豪宅区买了个豪宅，贷款则还是通过冯征珍的贷款公司。占地二英亩。六个房间八个全厕一个半厕，各种功能厅，室外游泳池，网球场等一应俱全。唐竟和陆景生在 Z 国时就已经有不少的房产，有公寓有别墅，Z 国房价的飞价让他们来 M 国前兑现了不少现金。到了 M 国后不久第一件事就是买了一个挺不错的连栋别墅。很快又换成一个独栋别墅。所以唐竟对这个第三个房子的要求是一定要豪，比他们在 M 国的前二个房产都要豪很多，大很多，要一切符合想象中豪宅的样子。否则就失去了搬家的意义了。特别要求豪宅必须有很大很宽敞的入门大厅，要有上去和下来至少两个实木的独立的超大楼梯。她们吃喝团在夏照家聚会时，特别喜欢在她家两边的超大楼梯上拍合照。唐竟对此印象深刻。所以也一定要求自家的豪宅也有这么一个让人印象深刻的拍大合照地。

那时候，她可以拿出去炫耀的道具就变成了她的房子。她拿出全副精力来装扮这个新家，什么都是最高级的。等着新家装扮完成后，她可邀请她的朋友们来开派对。她唐竟既然要开派对，那自然是要非同小可。于是她忙着装修新家，把猫忘记在老家了。那猫是活活饿死的。那怕她想起那么一次，就算弃养，把它放到野外去，它都能自已活得好好的。但她就是根本没想起搬家还需要把那个猫也搬过来。他有时候甚至想，她是故意把猫忘记在老家的。因为她不喜欢猫挠坏她新家全新的豪贵的家具，而如果她弃养猫，在她那个爱猫的朋友圈里是会被鄙视的是不可被接受的，从而会把她踢出朋友圈，所以她可能就是故意把猫忘记在老家。这个想法让他觉得唐竟太可怕了，没想到自己与这么可怕的女人已经生活了那么多年。

所以，他对他妻子的自杀没有很多想法。特别是他妻子是在他遇到吴崔西以后离世的。那时，他的心已经被这个年轻貌美的实习生所占据。当然，正因为他妻子离世不久，他更不能对其他异性有所表示。

但他控制不住自己的感情。他每天渴望碰到她，每天以见了她的一面为乐。但其实吴崔西根本不知道有这么一个人在关注着她。她甚至不认识他。只知道他是这个公司的老总。这又何妨？这一切都挡不住陆景生对她一厢情愿的爱恋。

陆景生变成了感情的奴隶，他由不得自己。就好像有什么神秘的力量驱使着他像着了魔一样不给他一丝一毫的自由。深夜的时分他也常常同情自己，为什么会被这样一个从未体验过的激情的枷锁锁住了自由，让他由一个很潇洒的人变成了一个自己也不认识的怪人。但每天醒来却又压制不住自己只想看到她。

为了创造与她见面的机会，他把她调到了他直接负责的项目做实习生。这样，会议的时候，他可以有机会偷偷地观察她。也有机会借着找其他同事聊工作经过她的身边。会议的时候，也有机会听到她的说话。每次看到她时，他的心跳就会加快，呼吸就会急促，他会手足无措，不时撞到东西。这份感情对他来说是崭新的，是从未体验过的。也是隐密的。

然而，他根本没有在她的视线中存在过。她是吴行健的女儿，吴行健那时已经小有名气，家里什么都不缺，做一切事都可以只凭着自己的兴趣。去他的公司实习只是因为母亲恰恰给她介绍这个实习工作，而她父亲恰恰不愿意自己的女儿在他自己的公司实习，而她的永久职位恰恰还没确定下来，恰恰有这个时间的空余，所以无妨接触一下因为机缘巧合而进入的全新的领域。

更何况，她已经有林之峰这个男友，他们俩深深相爱。当然对于这一点，陆景生是不知道的。

要是知道的话，也不会有后来的阴差阳错，而整个星球的因果循环都将因为这个阴差阳错而重新改写。但是，这个阴差阳错是不是恰恰就是上帝的旨意呢？这是我们凡夫俗子所无法参透的。

事实上，她与林之峰已经到了谈婚论嫁的时候。林之峰甚至都已经在开始设想如何求婚的环节。她无所谓结不结婚，但林之峰却一心想娶她。那时候M国的人相对还是保守，终生单身的人还未那么多，结婚还是一个正常的饮食男女大多数人要进行的一个环节。

陆景生甚至没想到其实他连单独与崔西说话都没有过一次。然后，在六月底的那天，他看到她在往车上搬东西。他实在忍不住，问了她的主管。原来，她要走了。

陆景生心中生出无限恐慌。怎么？以后他再也见不到她了，再也听不到她说话了，再也不能借会议观察她了？

他不知该怎么办才好。他很想冲上去，喊住她。但他没有这个权利。当一个员工走时，他已经没有任何对她的约束力。他已经不再是她的老板。

他变成了她的一个陌生人。

他坐在自己的办公室六神无主，就像世界末日就要到来。

这个时候吴崔西突然记起，她在陆景生的办公室还遗留了一件物件。她对帮她一起搬东西的好朋友说："我还要去陆总经理的办公室取一件东西。"

"你怎么会有东西留在他那儿？"

"我也不知道，就是突然想起来确实是有一个什么东西留在他那儿。"

她的朋友就是后来证明是吴崔西自己去的陆景生办公室。而吴崔西就是在他的办公室昏迷的。她是突然昏迷的。她的朋友就是见证者。

因为她的朋友觉得吴崔西突然去陆景生办公室非常奇怪，于是也跟了上去。她亲眼看到吴崔西昏迷，而且，她昏迷的时候，陆景生没有与她接触，甚至与她保持有一段很大的距离，因为陆景生的办公室很宽大，陆景生的办公桌也很宽大。

出于恐慌，陆景生很想逃离现场，但，那是他的办公室，他没法逃离。而且还有第三者在场，他只能强自镇定。出于关心，他还是跟随着崔西的朋友把崔西送入了医院，直到确信她被得到救助才离开。

吴崔西正在车上搬东西的时候，陆景生的眼中只看到吴崔西，根本没顾及到她的旁边还有一个女性朋友在帮她搬东西，更没想到那个朋友居然会跟着吴崔西进来。

不过这倒好，等于是有一个人证明吴崔西的晕倒与他一点关系都没有。

这是上帝要的效果吧。陆景生想。

但这以后，吴崔西一直成了陆景生的一个心病。他时时刻刻都在关注着她。

吴行健与他并不是很熟，只在一二次大型的聚会中碰到过他，当时陆景生这颗科学界的新星虽然开始崭露头角，但还未到万众瞩目的程度。吴行健认为吴崔西的昏迷就是一个意外，怪不得任何人。为了安慰陆景生，不给陆景生造成失去妻子以后的更多的心理负担和压力，吴行健甚至从此以后没在陆景生面前提起过这个意外。而夏照则认为吴崔西的昏迷是因为她以前贪口腹之欲太重，平生为儿女所积的福德太薄，以至于出现了这个意外，如果是个积福深厚之家，肯定不会有这类事情发生，所以从此以后改成了吃全素。而且因为唐竟和吴崔西接踵而来的两件悲剧都发生在陆景生家或陆景生公司而对陆景生有了忌讳而从此再也不与陆家有任何联系。

毕竟这意外就发生在自己的办公室，陆景生本人则一直暗暗地责怪自己。

崔西从那时候开始昏迷，直到五十年后才醒了过来。

而陆景生是唯一一个在最初的几十年里每天都关注着她的消息的人，除了吴行健和夏照。直到吴行健和夏照搬去了无尽庄园。

所以吴行健以为他已经保守住了的秘密，于陆景生其实已经不是秘密，而且反而是陆景生一直深藏的一个秘密，一个不被任何人所知道的秘密。

但吴行健虽然不知道陆景生的那个秘密，却还是做到了没让陆景生知道她醒来容貌未改以及送到了朱尽夏那儿的事。

陆景生是在陆有松的婚礼上才知道吴崔西已经醒来并搬到了东方世界以及容貌不变这件事的。

# 二十三. 老猫和老马

吴行健和老猫老马在铜墙铁壁中又待了一天。无计可施，看来只能坐以待毙了。但吴行健觉得事情非常的可疑，最可疑的地方就在这铜墙铁壁。

因为没有任何缝隙，那就只有一个可能，就是人先关在里面，再在外面砌上铜墙铁壁。否则人是怎么进来的？

但依人力而言，无论如何都不可能做到在这么短的时间能不让他们觉晓却砌成这铜墙铁壁。

而且，既然有人要害他，那说明有一个人的存在，有一个不同于他与老猫和老马的人。那一个人是谁？不管是谁，那一个人肯定在关注着他。如果那个人只想谋害他，那就直接谋害好了，也不可能把他和老猫老马都关起来。说明那个人想在谋害他之前至少想知道些什么。那个人想知道什么呢？吴行健自问自答：“崔西。”想知道崔西什么呢？谁想知道崔西的消息？吴行健一时摸不清头脑。好像有好多人选，但又一个都不能确定。

吴行健高声喊道：“明人不做暗事，有什么事想问尽管问，这么鬼鬼祟祟神神道道的算什么啊？”

“果然是聪明人。”吴行健听到一声幽幽的声音。

“你是谁？”

“连我的声音也听不出来了？”

“陆景生？”吴行健没一下听出是陆景生的声音，他与陆景生很多年不联系了，但听出是一个老人的声音，那个老人会是谁呢？反正不是王一。竞争对手？想知道崔西消息的人？吴行健敏捷的心思中跑过了一个个可疑对像，终于不确定地锁定了陆景生，等他锁定了陆景生后，才想起这个声音确实就像这个科技界的名人在新闻采访中说话的声音。阴郁了点，但确实像。

陆景生没应声。

“你为什么要关我，你把我们关在什么地方了？你好好的一个人怎么做起这种阴暗的勾当起来？”

“我没关你，是你自己关了自己。”陆景生呵呵一笑。

“什么自己关了自己，你不要故弄玄虚，明明是你把我们关起来的。”

“我有这么大的本事一个人能砌起这铜墙铁壁吗？”

“这倒也是。这也是我想不通的地方。但我周围明明就是铜墙铁壁，你也看到了。我们在哪儿？”

“你和老马老猫就在你原来的无尽庄园。只是现在我也在这儿罢了。我就在你铜墙铁壁的外面。”

“不可能。老马和老猫失踪时我都把整个庄园的角角落落都找遍了，根本没有看到它们。”

“但你也没看到它们出去的痕迹对不对？”

吴行健心里知道他说的是对的。它们根本没有出去的痕迹。

“怎么会这样？”他在心里一遍遍地问自己。他找不到任何头绪。

“你想要知道什么？”

“吴崔西什么时候醒来的？为什么她的容貌没有任何变化？现在她在哪里？我已经去朱尽夏和她住的包荒园找过她，她不见了。”

“哈哈哈，任何关于崔西的消息，我是一点都不会告诉你的。”

“那你只能在铜墙铁壁中等死了。”

“如果只有这个选择的话，那看来也只能这样了，反正我也已经老了。不过，你能不能允许猫和马出去？”

“我已经说过，是你们自己把你们自己关在里面的，这根本不关我的事。”

“你这是诡辩。不关你的事，你怎么会出现在这儿？不关你的事，你怎么会知道我们自己把自己关起来？虽然我不知道你用了什么阴谋，但那改变不了这都是你的阴谋这个事实。我一直以为你是堂堂正正的人，没想到你是如此阴险卑鄙的小人。”

“你有良知，你伟大，你高尚，你临死还想着那匹老马和那只老猫，但这都不能改变一个事实，你什么都做不了。”

“我确实是什么也做不了，但你也什么也得不到。”

“嘿嘿，这话也许言之过早，我既然能让你们把自己关在铜墙铁壁中，我就不信我不能让你开口。”

正在这时候，一直保持惊恐和肃静的老猫突然大声地叫了起来，老马也突然跟着嘶叫起来。突然间，远处传来一群奔马的声音，声音由远而近，在这些嘈杂的声音中，铜墙铁壁突然一块块撕裂开来。倒塌了。然后像烟一样一点点消失了。

那些奔马是从吴尽的马场里跑来的，陆景生已经被践踏在成群的马蹄下。

吴行健这时发现外面豁然大明，自己确实不在任何地方，就在自己的无尽庄园里。这个事实足以把他的脑子搞得混乱，他无法解释自己经历和看到的一切。他觉得自己已经处在脑子分裂的边缘。

这时，朱尽夏，崔西和王一刚刚赶到。

王一说：“看到我们还是晚到了一步，没能让你们看到到底发生了什么。”

“到底发生了什么？”朱尽夏问。

朱尽夏和崔西只看到吴行健倒在无尽庄园的院子里。旁边还有一大群的马三三两两低头吃着草，就好像它们一直就在那儿吃着草似的平静安闲。陆景生已经被马蹄践踏得奄奄一息。

“其实你们还是不知道更好。这事本来你们人类就不应该知道，现在知道这事的人已经快死了，这是你们星球的幸事。看来除了我们星球的人还有别的星球的人也在暗暗阻止着这件事的发生。”

王一若有所思，好像自言自语地对自己说：“少了谁？少了一只老猫。它不见了。是一只猫。”

王一抢步走到陆景生跟前，拉起已经奄奄一息的陆景生：“你妻子是怎么自杀的？”

“反正我就要死了，而且不知道怎么回事你们好像已经知道了真相，那我告诉你们也无妨，她名义上是跳楼自杀的，实际上是我改变了她头脑的想法让她自杀的。”陆景生自知死期已至，所以干脆坦白。说出来了，他突然觉得好受了些。这个一直背负于他内心的愧疚终于消减了。

“不对，不是你改变的她的念头，虽然你确实在她身上做了这个试验，想让她有自杀的念头，而且认为你确实可以做到这一点，所以你才在吴崔西身上也使用了。但你那时候还没有这么深的功力，你还不能在一个人没有任何心理基础之上凭空改变一个人的念头。在吴崔西身上并未成功，你在你的妻子身上实际上也并没有成功。因为你的妻子她母亲以前曾是急救室的医生，在你妻子小时候，她母亲经常非常晚才能回家，而且往往都是说因为抢救一个自杀的人才使她这么晚才回家的。所以你妻子从小恨死了那些自杀的人，认为是因为他们的自杀使得她母亲的时间都被因为抢救他们所占，从而从小得不到她母亲的时间和爱，所以从小她就发誓自己无论如何都不可以自杀。她没有任何想自杀的心理基础。”

“不是我干的，那是谁干的？你为什么什么都知道？

连我都不知道唐竟母亲的事。”陆景生突生惊惧，惊惧更加速了他生命的流逝。

“这就是我为什么问你。我以为你已经知道。这次你已经能成功地凭空改变一个人的念头，即使他没有任何心理基础，你把吴行健关在他自己设置的铜墙铁壁里，但却最终还是被什么暗暗阻止了。可能这是同一拨人，或者是同一拨不明生物。”

陆景生好像明白了什么，想说什么，但太迟了，他的生命的能源已经不足以让他说一句完整的话了。很快，他的生命像闪电一般突然消逝了。在最后消逝的过程中，他留下的唯一一个念头是：“还好，唐竟毕竟不是死于我的手。还好，吴崔西毕竟也还是醒来了。”

吴行健、吴崔西和朱尽夏看到陆景生死去，虽然明白了他与一些事情的发生有关，那些事情涉及到他们珍爱的人或认识的人，但还是物伤其类，心有悲戚。久久不能回过神来。

过了半晌，才听得崔西问：

“到底怎么回事？暗暗阻止了什么事的发生？”

“你们星球有人掌握了如何改变人的脑中影像，改变人的心境，这是非常危险的，将给世界带来大乱。我们不想看到这事的发生，又加上出现了你这个特例，所以不得不现身。不过看来我们是多虑了，你们这个星球比我们想像的要复杂得多，已经有其它的力量，我们所不了解的神秘力量介入其中，来维持这个星球的继续平衡继续和谐发展。陆景生妻子身上发生的事已经让我们不安，但我们还是决定继续观望，不过因为有了你这个特例，我们还是觉得有必要介入。”

“你到底在说些什么？”崔西听到他不断提到自己，但自己又似乎似懂非懂他所说的话，不由地急了。

吴行健已经从惊吓和悲戚中恢复了理智。他因为已经和陆景生对过话，而且置身于铜墙铁壁中思考了很久，又经历了整个过程。所以他明白了王一所说的话。他来不及问为什么朱尽夏，崔西和王一会出现在那儿，他也来不及欣慰崔西一切都好，他也来不及查找老猫去哪儿了，因为他知道他接下来所问的问题非常重要：

“铜墙铁壁就是陆景生在我们的脑海里造出来的影像？所以他说是我们自己把自己关了起来说的也没有错？”

“对。”王一简单地回答。

“那他不但改变了我和老马和老猫脑海中的影像，他还改变了所有来检查的警察及我儿子脑海中的影像，因为他们来检查时我也在场，确实是没有发现老马和老猫。”

“是的，所以这很可怕。”

“那是不是说五十一年前，就是他把这个吴崔西爱他这个念头强加在崔西的？”朱尽夏也明白过来了。

吴行健因为不知道当时崔西昏迷前发生了什么，也不知道崔西告诉了朱尽夏和王一她昏迷前产生的想法和发生的事，所以不理解朱尽夏在说什么。但崔西恍然大悟过来：

“是的，我醒来后就一直想‘什么事不对’，原来就是这事不对，因为我有男朋友，所以我不可能爱他，怎么可能会出现我爱那个人的念头。”

“五十一年前，他的改变人的念头的能力还不大，而且最重要的是他不知道你有男朋友，因为这个阴错阳差，所以没有成功。五十一年后，他的能力已经今非昔比。但他这次还是谨慎，先拿了猫和马作试验。确信在警察和你的亲人脑中确实改变成功了影像，才接下来把你父亲的心念也改变了。”

吴行健结合他们的言谈大致猜到了什么。

“那为什么崔西会昏迷五十年，而且容貌不变？”他提出了这个一直困扰着他的一个问题，这个问题同样困扰着崔西和朱尽夏。

“因为两个截然不同念头的激烈冲突造成了崔西的神经系统一时失去了功能，本来这个昏迷会是永久性的，就是继续昏迷下去一直到人的寿命停止那一刻。为什么昏迷五十年后醒来而且容貌不变？我们也不是很懂，我说过，我们也有一些我们搞不清楚的事，你们星球比我们想像得要复杂得多。根据崔西的回忆，是她妈妈派人把她叫回家的，也许是因为她妈妈记忆中一直就是她二十五岁时的容貌，所以她的年龄定格在那儿了。不过因为我们的寿命就是八万岁的长度，所以崔西也有八万岁的寿命也不足为奇。”

吴行健的心跑得飞快，这时已经猜到王一真的就是外星人，他的现在年龄就是一万多岁，而且他们的寿命就是八万岁，而崔西也能活到八万岁。而朱尽夏和崔西都已经知道这些事实。

因为吴行健本来早就怀疑王一是外星人，现在得到证实，所以在他心中的震动不是很大。但崔西也能活到八万岁这个事实却让他很震动。那是不是说明崔西也变成像王一一样的外星人了？还是我们人类本来就是与王一他们外星人有着一样的基因？我们是王一他们外星人的克隆人？各种思绪一起奔涌而来。最后他把这些念头都甩开了，只留下一个最关切的念头：

那以后等他们这些人都老去了，谁来照顾崔西呢？

他一时忘了，崔西已经是一个成年人了，还一直想着她还是个孩子。在父母眼中，无论子女是多大年纪了，都还是孩子。

“这么说来，陆景生的妻子跳楼自杀不是自己的意念？”吴行健又想到了陆景生妻子。

“确实不是她自己的意念，所以说像陆景生这样的人在你们星球是很危险的。”

“但听你与陆景生的对话，那意念不是陆景生改变的，如果不是陆景生改变的意念那是谁改变的意念？”

“我们现在也还不懂。现在看来，虽然目前我们比你们星球的人类有更深的智慧，但你们星球的大自然却有更深的智慧是我们所不懂的。这倒提醒我们，我们也不过只是大自然中的一部分而已。也不过是置身在这个自然规律中的芸芸众生。不过，陆景生的妻子跳楼自杀虽然是被改变了她本身的意念造成的，说到底还是她咎由自取。”

虽然吴行健他们都不明白王一说的咎由自取是指的

什么，他们也不想知道了。但这个因缘稍稍安慰了他们的心，至少知道陆景生不是一个大恶之人，而现在他也咎由自取已经离开这个世界了，死者为大，所以也放下了对他的那些恨意，让他过去的爱恨情仇都随着他的离开而消散吧。

但一想到王一对所有发生的事情都是一清二楚，这还是吓着吴行健了。朱尽夏和崔西因为已经知道王一的那些神通以及王一的不凡身份，甚至已经跟着他在宇宙太空遨游了一番，所以倒是还好。

东方世界信奉天地间有鬼神，举头三尺有神明，人的一举一动都是被鬼神所知，所以即使身处暗室，也要注意自己的一言一行，所谓天地鬼神不可欺也。特别是儒家学说，更是在意在无人知的时候更需努力奋进修身养性。但没想到，原来还有外星人也对他们人类所做的事一清二楚。莫不是那些外星人就是东方世界传说中流传下来的鬼神？

王一的想法与吴行健他们的想法却又有不同。

因为他还是迟到了一步，有一个更神秘的力量已经比他更早一步做到了他想做的事。而那神秘的力量也许比他们星球的人的能力和智慧要更高一级，管更广阔的事。毕竟这个星球不是仅仅只为人类所拥有的，它是所有动物和植物的家，人类只是其中很渺小的一部分。没有人类，大自然依然能够很好地自我运行下去。有了人类，反而给大自然的各种有情无情有想无想卵生胎生等种种众生带来种种麻烦，破坏各种原来已经很好建立起来的链接和平衡。

“作为有高智慧的有情众生，包括我们，一定要有对大自然的敬畏之心。”王一想。

吴行健经此一惊吓，病倒了。

而吴尽终于出院了。

人世间就是这样，有人病了，有人好了，医院里都是进进出出的人，生老病死的人。

袁沐莉带吴尽去了寺庙还愿，也顺便祈祷让吴尽的曾祖父尽快康复。

但他这一病竟蔓延了一年多的时光。

那匹老马在他生病的时期走了，它已经很老很老了。

而那只老猫消失了。

参观无尽夏大道的人有时会传他们在一棵无尽夏绣球花的树下看到过那只老猫。有的甚至还说，见到过它幻化成一个三十岁左右的男子在无尽夏绣球花的树下驻立。有人上去打一个招呼，却一忽就不见他了，只看到一只老猫悄无声息地溜过。

陆景生因为明显是被马践踏致死的，所以就归因为意外。虽然人们不知道他为什么会出现在无尽庄园里。但他的死因确实不是任何人造成的，所以人们也没什么好说的，只有感慨命运的安排是如此的无常，每个人的死因都能这般离奇。

陆景生公司也因为一个主角的缺席而很快就解散了。曾经使用过陆景生公司“心想事成”产品的人心里暗暗庆幸：他们虽然在“心想事成”产品中经历过想要的各种人生，得到过各种满足，但心头总有抹不去的阴影：觉得他们的公司的产品透着邪性，有一种邪恶的力量瓦解了他们本来有的心气和志向，让他们变得软弱。所以也许这个公司的不存在是一件好事。未知的只有一条归路的人生自有它的魅力，因为不管那条路走向哪儿走成什么样儿都是自己亲自创造出来的。这是他们自己的人生自已走出来的路，独一无二，光凭这一点就足以使他们自傲。当他们面对最后的时刻时，他们可以问心无愧地对自己说："我尽力了，我走过了一条独一无二的路。"

崔西既然回到西方世界，她还偷偷地去看了一下她以前的男朋友林之峰，及二个好友。她想知道她的存在是否曾经在他们的生命中留下什么痕迹，还是真的就像一个陌生人一样完全消失在他们的记忆里。

林之峰是高级程序员，那时已经退休。崔西昏迷后，他很快找到了一个新女友，结婚生子，已经有了自己的孙子孙女和外孙子外孙女。他对自己的人生非常满足。

他早就想退休了。

程序员的生涯给了他高薪的回报，让他足以凭一已之力养家糊口。这让他自傲，也是让他一直撑到了退休那日的动力。但他早就厌倦了程序员的生涯，他总无法摆脱自己与一名流水线上的工人没有什么区别的感觉，除了工资高一些。他们这些程序员都不过是现代化高科技生产工厂中的奴隶。因为高薪，大家都不愿意不好意思羞愧于说出这个事实真相。但他们的工作确实与"奴隶"没啥区别，每天人生的大部分最好的时光都是卖给了公司。冷酷无情的资本市场还每一天都在找更廉价的“奴隶”来替代他们。经常性的裁员让每个在这个流水线上作业的高薪程序员们每天都不得安生，忧心忡忡，如履薄冰。

终于退休了，真好。他再也不想接触一行代码。写程序曾经给他带来快乐，最初的他曾沉浸在程序的逻辑世界里像鱼游翔在水底。但这快乐早已经被日复一日的压榨所驱散，被公司里的勾心斗角，尔愚我诈所侵蚀。

他几乎没有想起过崔西。但这并不是说他把她完全忘记了。一段因为不可抗力而未完成的恋情是几乎不可能被完全忘记的。就像一滴泪虽然已经在风中风干，但如果仔细观察还是有泪痕在那儿呢。他有时候会想，如果后来是与崔西结婚的话，他的人生就将是完全不一样的人生。那将会是什么样的人生呢？可能因为崔西有一个声望很高的父亲他在那个大家庭里会受到冷落而不会像自己现在这样有一个满意的人生吧。

店大欺客，客大欺店，自己只是一个普通人，在吴行健那个大店下，自己有可能只能当一个被欺的客。想到自己本有可能过一种完全不一样的人生让他感到命运之神的不可预测。但想到自己现在过着幸福的人生，他又感谢命运的安排，“一切都是最好的安排。”想到崔西时，到最后他总要这样心满意足地在心里感概一下命运。

崔西去偷偷看他时，已经是九月初的一个傍晚，孩子们都开学了，他正等待自己的孙女从幼儿园出来，望眼欲穿地等着，一如当年约会，他都会先到，也是这样望眼欲穿地等着。当他看到孙女跑向他的当儿，他脸上乐开了花，连夜掏出一支他早就准备好的冰糕，极快地剥去包装，殷勤地举着那支冰糕就像举着一个火炬迎了上去 ——以前的他是会这样举着一束玫瑰花迎接崔西的。他享受这天伦之乐。他旁若无人，根本没有注意到崔西。他老了，不再像年轻时那样在乎仪表，他穿着一件松松垮垮的 T 恤，脸上是这个年纪的老人特有的慈祥，在那慈祥中依稀可辩以前那张俊郎的脸，他胖了些，但身材还未走样。身边的行人没人注意到这个普通的老人，没人想到如果不是因为无常的命运，他会是在这个世界享受盛名的科技界名人的女婿。

崔西原来在西方世界有两个好朋友。倪靖就是当年帮她一起搬东西，也是最后见证她昏倒的见证人，她知道她昏迷的事，因为接受了这个事实，在她忙碌的人生中，她已经把崔西忘记了。再说她有很多朋友，朋友们在她心中来来去去的，有时候那个人不再是她的朋友了，有时候原来不是朋友的成了朋友，有时候朋友成了敌人，有时候敌人又成了朋友，就像话剧里的演员，不断地变换着角色。所以崔西只是退出了她的舞台的一个普通演员罢了。她没再想起她，只有到与她共同的同学朋友聊起一个崔西当时也在场的事时，才会把她的名字也带进来。但在说她的名字的时候，心里不过就是叙述一件有她参与的事而已，心的枝叶就像无风中的树叶是不动的。

原茵就不一样了。原茵从头至尾不知道她昏迷的事，她内向封闭，对世事缺乏了解的兴趣，崔西是她唯一的好朋友。她也不热衷于八卦。吴崔西昏迷时，吴行健还未如日中天，他的名声还未能惠及到吴崔西，而且吴崔西也没发生足以上新闻杂志的事，当时以为只是短暂昏迷而已。等后来，吴行健一味低调，更刻意不愿意让外界知道吴崔西的事。所以原茵只知道吴崔西从某个时刻起再也不联系她了，她像所有敏感而自尊的女性也就从此停止了主动联系她。

但吴崔西把她从朋友身份中放弃一事伤害了她。她常常想：“我到底做错了什么，让她再也不再联系我？我们关系以前是那么好，没想到她说不联系就不联系了。”她常常盘点那些美好的记忆，就是百思不解是什么事让吴崔西决定不再做她的朋友。一定是她结婚那次没有邀请她做她的伴娘。可是那次她方没有办婚礼，只在男方那儿办的，她刚毕业才一年，根本没有积蓄，为了节省费用，去参加婚宴的男方的一个女同学就当作她的伴娘了，她自己的朋友一个都没请她们参加婚礼——当然她也没什么朋友，她自己还心里感到委屈呢，要是父母钱多的话，肯定会在女方那儿也办一个像样的婚礼的，那时候肯定就会请吴崔西来的。一定是吴崔西先误会了她，以为自己太不够朋友，才突然不想做她的朋友了吧。

原茵七十多岁了，已经离婚，独自生活着。但她还是会不断地想起吴崔西，不断地分析到底是哪件事做岔了。被朋友分手虽然没有象被情人分手那么痛，但总还是留下伤痕的。这个伤痕改变了她，让她从此对待身边的朋友就会倍加小心，让她做事更注意分寸，注意不要因为自己没有顾及的事伤害到朋友。她变得更成熟，己所不欲不施于人。她的晚年倒是有很多朋友，但她就是觉得还缺一个，永远缺一个，缺一个吴崔西。

# 二十四. 告别

“生导死寿短，导老无庇获。”只要有生，必定有老。自然界的普通规律没有谁能逃脱。

“我现在可以放下心来去找夏照了。”吴行健心里想，他可以去向夏照汇报他们的女儿已经如她所愿醒过来了，不但醒了过来，还将有很久很久的寿命。而且她也不会孤独，至少有一个人，有一个外星人，将于她作伴。就像最初的亚当夏娃，也只有两个人，但只要有两个人就不会孤独。她将帮他们看到这个他们再也看不到的世界。

但时光还不让他走。还在苦苦挽留他。他的亲人们朋友们也还不想让他走，穷尽一切办法想治愈他延长他的寿命。

吴行健生了一年多病后，曾经奇迹般地康复了。他一百零三岁了。正当他的亲人们以为他终于没事了的时候，他的病情又突然恶化。原来他短暂的康复叫回光返照。

他从来没曾后悔与夏照结婚，他与夏照有一个很美好的婚姻。他一辈子敬她，爱她。这是一个不平凡的女性，一个世所稀有的人，一个伟大的母亲，一个有着坚强意志的人。

夏照比他大二岁，可能受夏照和他婚姻的影响，后来他的儿子孙子的娶的人都比他们大。秦泊比吴天悯大三岁，袁沐莉比吴勉大一岁。

他也曾经设想过如果当年朱尽夏没有拒绝他，他与她结婚的话可能是完全不同的人生了。

不过，也许朱尽夏说得对，如果他们结合的话，他们之间的爱情也许很快就会结束。而友谊则可以走得很远。他与她是一辈子的朋友，这也许是最好的结果。

他想起了与朱尽夏在天文台读研时的时光。

他们那一届总共只有六个学生，四个男的，二个女的。第一年是与研究生院其它研究所的的学生们一起上的课，第二年第三年除了偶尔还要去研究生院上几堂课大部分的时间是回到天文台边作研究边学习。

那时，因为朱尽夏是由本科物理教育专业转为天文专业，而他是本科就就读天文专业，所以最开始的时候朱尽夏对于学习是非常不适应的，她缺乏基础知识，所以常常要求助于他和杜浩。可能是在帮助朱尽夏学习的过程中，日久生情，让吴行健爱上了这个聪明又美丽的江南女子。

天文台给他们的待遇是很不错的。那时研究生院都会每月发补助给每个学生，但相应的研究所根据它们自身的条件有的也会另外发补助。而天文台是另外会每月发补助给每个学生的，而且与其它的研究所比起来是属于补助比较高的。当然有的研究所比如计算机所，学生自己兼职打打工就能轻轻松松挣到每月的生活费，天文台则这种兼职的机会比较少。但研究生院的补助加上天文台发的补助加起来的钱已经差不多是一个普通大学生刚毕业时的工资水平，再加上住宿是免费的，所以三年读研期间，等于天文台的每个学生们都能独立自主了。朱尽夏甚至还能把每年相当于当时普通大学毕业生一个月工资的年终奖金寄给父母。而吴行健父母因为都是高级知识分子，家里条件好，则不需要吴行健寄钱回家，有时他父母还不由吴行健推辞硬要寄给他一些钱作旅游及娱乐经费。所以吴行健那时一直觉得自己有用不完的钱，经常请朱尽夏杜浩他们去附近的江南小馆以及刚刚时兴起来由国外引进的连锁餐馆和咖啡馆。

天文台另外一个给他们的福利是给每个学生在观察站上都分到了一个独立的房间。

吴行健和朱尽夏都是研究光学天文，所去的观察站是同一个，在邻省的一个山顶上。那个山顶错落有间地矗立着好几座高低不一的白色圆顶光学望远镜观察塔，远远望去，像是一个个隐没于山间的白色城堡。各种口径的望远镜有的主要用来观察超新星，有的主要用来观察小行星......吴行健和朱尽夏他们研究的侧重点有所不同，所以会去不同的圆顶观察塔。

射电望远镜观察站则在天文台总部所在大城市的郊区，在一个有名的水库区。射电望远镜长得像雷达，与白色圆顶的光学天文望远镜塔台有着天壤之别。杜浩做射电天文，所以他要去的是射电观察站。

第一年主要在研究生院学习科目，不需要做研究，所以吴行健朱尽夏和杜浩他们都不需要去做观察，那时如果去观察站，观察站只提供免费的招待所住宿。山顶的观察站上有个招待所，是供给来自世界各地的访问学者，学生，旅游者，或者家属的。第一年去观察站，可以去找管招待所的人。管招待所的是一个当地的高中毕业生，有着一张四方脸，长得比较粗糙，腮部红红的，粗短的大鼻子，鼻孔朝天。不知道她的具体名字，大家都管她叫“小张”。

研究生院提供的宿舍是三个人一间。一般都是同一个研究所的研究生们住在一起，但也有例外。朱尽夏当时就是与两个半导体所的研究生们住一起的。研究生院座落在那个大城市的一个相对安静的区里。为了避开城市里的喧嚣，有时为了避暑——以前皇帝的避暑胜地就离光学天文观察站不远，而且因为是在山上，气温会比山下凉快，有人就是专门为了避暑住到观察站的招待所的——吴行健和朱尽夏在周末时就会跟着天文台的班车去山上的观察站，杜浩及其他同学偶尔也会跟他们去山上的观察站。

班车出发很早，天蒙蒙亮，他们就会三三二二地去天文台总部门口等班车，开班车的师傅会在差不多的班次时间开车出发。先开出这个大城市，再开到邻省的那个山脚下，然后随着盘山公路一路盘啊盘啊地开到了山顶的观察站。

在车上的时光总是欢乐的。那些科学家们一到车上都变成了普通的消息灵通人士。各种有根据没根据的故事一个接一个地从他们权威的口里发放出来，车上充满了各种口音的聊天声。谈的都是风口浪尖上的人和事。好像他们谈到的那些出现在新闻头条里的人们都是他们亲戚似的，个个都能贡献出一些别人都没听到过的佚事。吴行健和朱尽夏他们都没想到平时那么严肃深刻的导师们研究员们私下里都那么活泼生动，有聊不完的谈资。在皇城脚下生活久了的人们果然不一样呢，他们互相叹道。都恨自己的耳朵不够用，因为有时候车上同时会聊起几个风口浪尖上的人，坐在前部分的人可能在聊一个人，坐在中间一部分的人在聊另一个人，坐在后面一部分的人又在聊另外一个。他们就得根据自己所坐的位置和兴趣选择决定要听哪一堆人正在聊的事。

秋天的时候趁着班车去观察站运气好的时候就会碰到一场秋景大展阅。山上全染上了秋色，红色黄色橙色，各种暖色排列组合着，层林尽染，班车随着盘山公路爬上去就像穿行在童话世界，一场美的盛宴让他们屏住了呼吸，好想把这一切都尽收眼底，好想这盘山路永远都不会结束。一星期后下山，树叶已经尽落，就像来的时候从未有过那一场美的盛宴，就像从未存在过满山尽染的样子一样，让人对大自然的造化生出无限感慨。

到了观察站，有自己房间的研究人员会径直去了自己宿舍楼自己的房间。第一年时，吴行健和朱尽夏他们都还没有自己的房间，于是他们去找“小张”。

“小张，给我们两间招待所的房间。”

小张就会拿出一大串钥匙，说：“跟我来。”

于是吴行健和朱尽夏就会跟着小张去招待所，招待所是两楼的小楼，一长溜，每层面对面都有房间，两层加起来共有五十多个房间。观察站招待所与一般的招待所不一样的地方在于：每个房间的窗帘都是隔光的，严格意义上的隔光，晚上睡觉完全漆黑一团。一方面是为了不让外面的光透进去，保证住招待所的人的睡眠，因为好些住招待所的人都是来做观察的访问学者，他们做完观察可以睡觉的时候很多时候都快天亮了。另一方面是为了不让里面的光透出去，怕影响了外面的天光。

小张会分别打开两间门。把钥匙留在门上。“要走前，把钥匙还给我就行了。”随意地叮嘱了一番，就走了。

观察站的站长姓蓝，非常瘦，干瘪，小个，戴着一幅眼镜，眼镜拴在链子上，那链子就随着眼镜架垂下来吊在脖子上。蓝站长做事认真，面面俱到，人却好说话，平易近人。在他的管理下，观察站是个很受欢迎的地方，一个去了就不想走的难忘的地方。

观察站的常驻的工作人员好多都是当地人，好多高中毕业没考上大学，也有一些只有初中文凭的。他们有的做食堂的工作，有的做招待所的工作，有的做洗浴室的工作，有的开车，工种最高也是最有优越感的可能是在天文光学望远镜观察塔台的观察室里做助手的那些人。

而去观察站做研究工作的则至少是硕士研究生，有很多博士生，也有很多博士毕业后做博士后研究的，还有很多留在天文台工作的研究员们，很偶尔也会有一些在大学里读天文学的本科生。

观察站的气氛非常好，安静，和谐，充满了人与人之间的温情。环境非常漂亮优美。吃洗住都是免费的。所以吴行健和朱尽夏非常喜欢周末去观察站，有事没事都爱去，去了就不想回。

等第二年，观察站里就有他们每个人的一个固定房间了。每个人都拿到了自己房间的钥匙，只要在毕业离开天文台前退还钥匙就行。那等于他们每个人有了自己的一个小天地，那个小天地不大，但可以由自己布置。房间都在一幢幢三层的小楼里。一般四个房间一层，每层共用一个卫生间。而要洗浴，则食堂后面有专门的浴室，隔得一间一间的。

第二年开始，吴行健和朱尽夏更爱经常呆在山上的观察站里了。班车是有固定班次的，如果班车没赶上，他们就得去坐火车，坐从大城市到县城的火车到那个山下站点。然后就要爬山上观察站。而有时候想下山的时候，如果不想等班车，也就只能走下山去，走到火车站再趁火车回城里。吴行健更喜欢与朱尽夏一起坐火车去观察站和回城。因为在火车上，在爬山的路途中，他可以有很多的时光单独与朱尽夏相处，单独与她聊各种有的没的话题。坐班车虽然方便，但被导师们研究员们的各种小道消息包围着，他想与朱尽夏单独说些话都说不上。

吴行健想起来，可能是因为那些美好的人美好的事构成的美好的记忆，才使得他那么喜欢去观察站。

那儿有自己独立的天地，有非常善良温情聪明的一群人，有美丽的风景，有志同道合的同学们，那儿的生活回想起来比陶渊明笔下的桃花源更要美丽。他这一辈子最好的记忆都在那三年里。

所以虽然自己最后没有再做天文研究，但那三年却是他最好的时光。

那三年对吴行健如此，对朱尽夏也是如此。

她深深记得在光学望远镜观察塔的观察室里的他们。一个观察室里一般会有一个研究员，一个访问学者，一个研究生及一二个助手。她那时是研究超新星，所以所去的光学望远镜观察塔主要是用来寻找超新星的。他们在观察室里会一边放着音乐，一边在微波箱中烤着栗子或爆米花，一边口里吃着小吃，一边时不时地跟着音乐哼着，一边随口说着天南地北的八卦，然后眼睛时不时地盯着助手操纵着计算机。计算机上是一些星星点点的黑色斑点。突然，研究员在计算机屏幕中发现了什么，说："把那一个点放大一下看一看。"如果确认那个点确实是有兴趣做进一步的分析，研究员就会自己上手测测它的光谱波长亮度等数据，可能就捕捉到一颗超新星了。于是得赶紧发讯息，抢在别的天文台前，证明是这个国家的这个天文台第一个发现这颗超新星的。

超新星就是这样在说说笑笑吃吃栗子爆米花讲讲新闻八卦的观察室里被发现了。朱尽夏所在的那个组那时候发现了世界上最多的超新星。后来那个主要负责那个组的研究员出国了，结果一度就变成是他出国的那个国家 M 国发现超新星最多了。

朱尽夏其实没有观察任务，她是做数据处理的，白天也能做，所以不用熬夜，一般呆到一二点钟就回宿舍了。呆到一二点钟也只是因为观察室氛围实在太好，她舍不得早走，她是完全可以早走的。而要做观察的，就要一直呆到天光发亮不能再做观察为止。偶尔，那个观察室没有研究员在场，除了她，只有几个年轻的当地招聘的高中毕业生观察助手，那么，朱尽夏就要负责在当天的观察日记上签名了，每天的观察日记里有一栏叫：科学家签名。朱尽夏就要在科学家签名后面签上自己的大名。朱尽夏喜欢这种感觉。这让她觉得她实现了小时候要当科学家的愿望。

第二年，朱尽夏去的的观察室来了一个从其他天文台来的少数民族的访问学者。他叫艾力。他长期地住在山上的观察站，很少去在大城市的天文台总部办公室。因为他是少数民族，观察站专门给他的宿舍配备了厨房用具，这样他如果在食堂没有发现他能吃的菜，他就能自己做菜。整个观察站就只有他有自己做菜的设备和条件。每当朱尽夏在观察站的时候，如果刚好他自己做菜，他就会邀请几个人，而每次总会把朱尽夏邀请上与他们一起吃。

艾力是一个非常开朗幽默的人。性格好，人缘好，经常有一拨朋友从大城市开车过来上山来找他玩。他是从天文台总部所在大城市的民族大学毕业的，所以有一些他的同学朋友毕业后在那个大城市工作。朱尽夏的导师、站长、甚至全站的人，包括那些观察助手、食堂里工作的人没有一个人不喜欢他的。他爱开玩笑，也开得起玩笑。导师及站长如果开他玩笑他也不会生气。他是少数民族，有很多优惠政策惠及于他。来做访问学者也是当地政府陪养他读博士，这样当地政府就可以宣扬他是当地少数民族自主培养的第一个博士生。

艾力经常想出各种好玩的事来做。玉米熟的时候，他就约朱尽夏等几个年轻学生和观察助手们一起去观察站外面扒玉米。玉米是当地的农民种的。晚上，他们等农民们都已经回家，玉米地里不会再有别人的时候，他们就一伙人嬉闹着从观察站走到了观察站外面。玉米地离观察站不远，晚上还刚好散步乘凉。他们也不贪，不会摘得多，每人摘个一个二个，就回来了，主要还是当作一件乐事。也不想让农民受大的损失。回来就在观察室的高压锅里煮了起来。一边听音乐，一边等着吃新鲜的玉米，吃吃喝喝的当下，也不会忘了观察之大事。

栗子熟的时候，就可以摘栗子了，从宿舍去观察室的路上就有野生的栗子树，栗子树长在台阶下，趴在台阶两旁的栏杆用手摘就能够到，随便摘摘就够晚上吃一顿了。

冬天快到的时候，还能看到别的观察室的观察助手们在他们圆顶观察室的门口晒大白菜，这是准备储存作过冬的蔬菜了。

别小看了那些观察助手，虽然都只高中毕业不久，但有挺大的机会能与同一观察室的研究员或硕士博士研究生们恋爱。有些研究员生性孤僻，社交不多，几乎是在自己接触不多的人中选择恋爱对像，而观察助手是他们接触最多的人。在朱尽夏他们读研的三年中，就知道别的观察室至少有二个观察助手最后嫁给了那个观察室的研究员或研究生的。

这种八卦也给朱尽夏他们所在的观察室带来了乐趣。从最初谁先发现了苗头，到汇报一步步的进展。最大的一个八卦是一对本来没有任何人发现苗头的却被发现某观察助手肚子大了。然后大家都各种猜猜猜，才最后知道是谁。

艾力那时已经有老婆孩子了。他给朱尽夏看过他老婆和孩子的照片。他的老婆是个大美女，做着跳当地少数民族舞蹈的姿势。孩子刚出生不久，他是别了新婚妻子和刚出生的孩子来做学问的，难怪当地政府想要好好培养他。因为有老婆孩子要记挂，所以要经常去观察站综合楼的活动室打长途电话，一打就要打好久。

有一次，庆祝元旦。观察站举行了跳舞活动。他只邀请朱尽夏与他跳，跳完后，他走到另一个房间给他妻子打电话，朱尽夏刚好也进去了那个房间，他连忙把电话搁下了，脸都红了。朱尽夏感到很好笑，他在想什么呢？与她刚跳过舞就不能与他妻子打电话了吗？

因为观察站很多人都要熬夜观察，所以去食堂吃早餐的人就会比较少。很多人一起床，就已经是吃午饭的时候了。

朱尽夏则一般都能赶上吃早餐，因为她不需要在观察室呆得那么晚，她是做数据分析的。但有时候也懒得起床吃早餐，就一直睡到中午才去食堂吃午饭。她住的那个楼离食堂比较远，要经过好些人住的小楼，她就会看到艾力已经站在他的宿舍的阳台了，和几个观察助手一起，趴在阳台上朝路上看，朱尽夏经过时，他们就要起轰，打口哨。

又有一次，朱尽夏未去吃早餐。睡到中午也没起床，睡过了吃午饭的时间。艾力来敲门了。说他在阳台等啊等啊等她经过去食堂，一直没等到。又去食堂看了一下，也没看到朱尽夏。就想她一定要错过吃午饭时间了。于是就买了一些午饭给她送来。

不过是些馒头小菜之类。朱尽夏在一旁吃，他在一旁坐立不安。也不告别。也不说话。一副难受的样子。

晚上从观察站出来，会看到满天的星斗，与计算机屏幕上看是完全不一样的。计算机屏幕上只能看到黑色的斑斑点点，见不到每颗星透着的光，分不清每颗星独特的气质。但肉眼看到的满天的星斗却给人震撼。光学天文观察站一般都经过长时间严格的选址，会选择在最适合观星的地方，最不受人间灯火所影响的观星环境，所以在观察站的山顶上看到的星空，应该是这个世界上能看到的最灿烂最纯净的星空之一。看着满天璀璨的繁星，人世间的一切烦恼都化为微尘，想到每个无论多么卑微的人都与整个宇宙同在，都可以看到同一片星空，这是人世间最大的公平和幸福了吧。

山上很安全，即使一个人从天文望远镜的观察室里走到宿舍也不会有一丝恐惧，更何况她往往都是与人一起走下来的。

从观察室走到宿舍要经过好多台阶，其实就是在走山路上，从山顶走到山腰，只不过那山腰也是与山顶比较接近的山腰。前辈们都已经把路开拓出来了，台阶也都砌好了，一切都建设得齐全完整漂亮了才接迎研究人员们到来。

坐班车上山的过程中，老一辈的科学家们聊天时也偶尔会聊到以前勘察地形，选址，建设时的不容易。

暑假的时候，山上是最热闹的。有一些学生来参加一些在山上举行的科学夏令营。也有一些来避暑的天文摄影爱好者来拍摄星空和圆顶望远镜塔台。朱尽夏组里有个对天体很熟悉的姓蒋的师兄，就会被邀请去给学生们讲天上的星座。学生们都不喜欢看计算机屏幕上的星星，他们喜欢晚上的时候成群的出来，在平坦的一块小空地，听他指着天上的星星讲这个是什么星，那个是什么星。朱尽夏其实却是不熟悉天上的星星的，她很少能够分清这颗星是什么星座，那颗星是什么星座。她只熟悉计算机屏幕上的星星，那些软件都注明了星星的位置，她把那些位置与天上真实的位置对应不起来。

有一次，朱尽夏在天文台总部的阅览室看书，看到一个很矮小怯生五十开外的身影闪了进来。像老鼠似的滴溜着眼偷偷摸摸地看了一圈阅览室又很快地溜了出去。朱尽夏就问那个蒋师兄：这人是谁？蒋师兄说：那人就是以前很有名的自学成才用肉眼发现一颗新星的某某。朱尽夏大吃一惊。她读到过那个人的故事，是在一本励志书中看到的，因为肉眼发现一颗新星，使他从一个小山村走到了大城市。

“那他现在怎么这样了？”按说这么有名的人不应该是这幅偷偷摸摸的样子。

“现在谁还用肉眼观察星星？他早就过时了，又学不会计算机，科学院早就想把他除名了。现在这么大年纪了，连个住房都没有，还住着宿舍。工资也只有最基本工资，因为他等于是没有工作。谁都不想要他，他干不了任何活。”

“天哪，那他怎么活？还不如回到自己的家乡，在家乡总好过些。”

“他不会回去的，他可是受过国家领导人接见的，他的家乡挂着他与国家领导人的合照，以为他在大城市过着很光彩的生活呢，他怎么可能回去。”

原来，在她认为的桃花源的生活中也有这种悲剧的故事。朱尽夏受到了很深刻的对于如何看待名声的一堂教育。什么名气都比不过自立。自立是保持尊严的基本条件。所以她从那时候开始就思考如何做到财务自由的问题。

有一次，她与吴行健都错过了班车，只能走下山去坐火车了。走下山有两种走法，一种就是顺着那条盘山公路走下去，走车子上来的那条公路。另一种就是直接从山顶走到山下，走各种山路。他们都喜欢走山路。路短，能更直接接触风景和人家，新奇。但山路就没个一定的路径了。那一次，他们就迷路了。但那时候社会风气非常好，迷路也不怕的。看到山腰有人家，就走到那个人家家门口，问他们要了点水喝，然后再问如何走到火车站。山里人舀出水来让他们喝个够。指指划划说了半天如何下山去火车站，说不清。就索性说，我带你们下去吧，我也顺便买些东西上来。于是就陪着他们一路走到了火车站。

那山里住的人家比起朱尽夏的家乡是穷得太多了。即使已经改革开放那么多年，他们的生活水平与朱尽夏小时候的生活水平比都还有很远的差距。房子非常简陋。一般都是瓦砾砌成的平房，房子满是风尘，好像随时都要倒塌。朱尽夏是在来去观察站的路上，经过那些山村的居民区后，才知道原来农民生活可以是那么穷。她以前还以为农民都是过着她的家乡那种生活呢。因为她父母也是农民嘛。没想到农民与农民的生活相差也能那么巨大。也难怪当地的高中毕业生那么喜欢来观察站当助手，这在当地算是一份好工作了吧。

但生活虽穷，那儿的人们却很朴实。脸上都带着真诚的笑容，老的少的，男的女的。那儿最时髦的事是买一辆摩托车。观察站有个已经有比较长工龄的男助手就有一辆摩托车。轮到他轮休的时候，他就会骑着那辆摩托车耀武扬威穿过观察站的水泥路，开下山回家去了。

吴行健回光返照后，健康状况急转直下，他精疲力竭，不想再与时光作无谓的拔河比赛，他终于与这个世界告别。

朱尽夏则又活过了二十年。

朱尽夏对崔西说：“如果你不愿意看到我们一个一个的离开，如果你不喜欢告别，你可以与王一一起去作太空旅游。你们的寿命对这个星球的人来说太长了，但对于宇宙来说还是太短。趁你有这个条件，帮我们看看这个美丽的星空。我与你爸都曾经研究天文，但以我们短暂的寿命来研究无边无际天老地荒般的宇宙等于飞蛾赴火，明明知道不可行而行之。我还算幸运，有机会趁王一的飞船上天去遨游了一下，你爸爸则没有像我这样运气了。”

崔西说：“我现在如果与王一一起走了，那等于我提前跟你们告别了。我知道你想趁你还清醒还健康时与我们告别。你不想让我看到你们最后的老去，你怕我感伤，你怕我成为与每个亲人作最后告别的人。不过这不是人生必经的功课吗？虽然我与王一可以活很久很久，但最终我们还是必须与世界告别的。有生必有死，这是大自然的法则。你难道不想让我们学到这门功课吗？”

朱尽夏想了想觉得崔西说的也有道理。也有任由她去了。

告别是人生重要的一课。知道有告别的一天就是一切哲学的开始。所有人类的思考都是从告别那一刻出发的。

如果没有告别的一天，谁会去问人生的意义？知道人生短暂，才促使我们去寻找安身立命的一个意义。

没有告别的人生是可怕的。如果人必须一直一直地活在这个世界上，是不是比只能短暂地活在这个世界上更恐怖？你一步步地走向未来，未来却一步步地往后退，你不知道自己要走向哪儿，你只知道时间永远没有静止的一刻，你每天都会醒来。这可能比任何恐怖片都要恐怖。

朱尽夏得益于吴天悯和吴勉以及儿子朱则刚他们的研究成果，一百二十一岁的时候才与这个世界告别。

她走得很安详，人间最美好的祝愿：福寿她都得到了，她还真的去宇宙中穿行遨游过，虽然只是匆匆一游像这人生。

“不取于相，如如不动。”是她留给人间也是留给崔西的最后一个书法作品，她在最后一天做的第一件事还是雷打不动地练书法，这个她晚年一直保留下来的习惯在最后一天也不能破例，因为最后一天也只是人生中普通的一天。

她留给了崔西一个安心的告别，这是她最后教给崔西的人生的最后一个功课——人间是值得停留的，不要惧怕告别。

# 尾声. 时间的交错

人来人往的十字路口，一个年轻漂亮的女孩突然在要过马路之前停了下来，她茫茫然地看着来来往往的行人。那是自行车和私家车的世界，也有一些公交车。更多的人在步行。这是一个忙碌的世界。路边间或有一些卖水果或蔬菜的小贩或正百无聊赖地站着，或正招揽着顾客。有的小贩推着一辆手推车，车上装着大大小小的西瓜。又到盛夏，西瓜是不可缺少的水果。没有西瓜的夏天不能叫夏天。

她像是突然忘了自己要干什么，但她的神情一点也不着急。因为她确实不着急，她有的是时间，大把大把不知道如何挥霍的时间。

她叫崔西。

而时光已经过了一万年。

她与王一从一个宇宙旅行刚回来没几年。这个星球的文明已经重新写过。但对刚回来不久的崔西而言却又是那么熟悉。一切都像一万多年前的世界。

老人，中年人，年轻人，小孩，男人，女人，每个人都在这个画面中扮演了一个陌生人的角色。没人认识崔西，崔西也不认识谁。但崔西又好像都认识他们。他们与一万年前的那些陌生人没有很大的差别。

她和王一住在一个社区的独立屋里。两人虽然住在同一个独立屋，但两人是独立的，各人有各自的房间。他们两人现在的相处模式是熟人和朋友的模式。那个社区的人们没有人知道他们的这两个邻居是两个不寻常的人。

这个社区的人们一般几年，十几年搬一次家。每一家几乎与别的家来说都是陌生的。即使住了十几年，也不知道自己的邻居究竟住的什么人，住了几个人。不关心，也没机会认识。每个人都匆匆忙忙，白天忙着上学上班，放学的忙着做作业准备考试，下班的忙着做家务操持整个家的吃穿住行。偶尔在路上遇到也只是互相礼貌地点个头打个招呼。甚至不清楚遇到的这个人是不是住在同一个小区。

一万年前的人和事都已经抹去了。这一个文明的人们还没考察出一万年前也生活着与他们几乎没有区别的人。这个文明的人又是从很古老的文明进化而来的，他们只庆幸自己目前生活在最好的时代。

沧海桑田。

原来那个无尽庄园已经不见了，那儿已经变成了一个荒岛。

但是一只猫和一匹马的雕塑还在，艺术特别是以这个星球的基本元素如石头金属塑造起来的艺术作品总是比人要活得长久。那个文明的人都不见了，但艺术却存在下来了。在那个雕塑边上，还有吴夏后来添加的吴行健和夏照的塑像。塑像是抽象的，但都仰望着星空。只有熟悉吴行健和夏照的人才会知道这是他们的塑像。而对这个文明的人来说，这是两个像人类男性和女性的塑像。这个文明的人已经考察出来，那几个塑像至少是一万年前塑造的。

复活岛的那些塑像已经沉入海底，连同复活岛上仰望星空的巨石人像，复活岛已经成为海底的一部分，要到很多年后，另一个文明的人类还会再次把它发现。但不是现在。

那几个猫马和人的塑像却成了新的奇迹，成了未解之谜。人们不知道为什么这个广袤无边的荒岛上会有一只猫一匹马和两个人的雕塑。而那两个人依稀长就一幅现代人的样子。人们把那个荒岛起了一个名字叫猫马岛。那两个抽象男女被一部分现代人类赋予了一些传说和象征，男的象征大行，女的象征大愿。

包荒园里的房子都已经不存在了，但那些假山竹子植物却还存在着。现代人对此也感到非常好奇。特别是假山，分明是前人的杰作而不是大自然的产物。所以在原来的包荒园上成立了一个博物馆，叫竹石博物馆，里面有一些地质考察和植物研究科学家们在作研究工作。

崔西是等所有她所熟悉的人都在那个星球不存在了的时候，与王一去宇宙飞行的。她的人生那么长，不用于宇宙飞行要如何打发呢？

好在，有人告诉过她：世界，在佛教上来说也叫做“网”，网可大可小，小至可以只有一个二个人，但是人要活下去，必须有那个网。王一就是她的那个网。

她的世界很小，除了她，只有一个王一是认识的。但没有关系，她可以慢慢地再把那个网编织开来，慢慢地，她又会有新的朋友，又会有一个丰满的外世界。

命运之神把一点一滴都把握得很好，天衣无缝，因为当她与王一从宇宙中飞行回来时，这个文明已经又发展到了她曾经熟悉的样子。

这还是她熟悉的世界。

“您好，您是不是第一次来我们小城？你要去哪儿？您是不是找不到路了？您告诉我，我可以带您去啊。”一个好心的与她年龄相仿的女子看她在路口踯躅，过来问道。

这人将成为崔西第一个朋友。她将成为她扩大的世界的一部分。她将成为她的故事或事故。她的世界又将如织网一样慢慢地织开去，把不同的人不同的故事织进来。

“我想去看看竹石博物馆。”崔西说。

“我知道路，与我家挺近的，我可以顺路带你去啊。”

在路上，女孩告诉崔西她叫东方竞一。姓“东方”，名竞一。“我妈妈希望我做什么事都能竞争第一，所以给我取了这么一个怪名字。”

崔西告诉她，她叫崔西，姓“崔”，名“西”。

“哈哈，我们的姓名中各有‘东’和‘西’字，这可能就叫缘份吧。有缘千里来相会，我们是有缘东方西方来相会。”东方竞一开心地说。

在那女子带她去竹石博物馆的路上，她们碰到了一只流浪猫。那是一只虎斑猫，一身橘色条纹的短毛猫。

“好可爱啊。”那个女孩走不动了。停下来抚摸那只猫。

“那你把它领回家养着吧。”崔西说。

“可我现在工作还不稳定。而且要到处出差。”女孩犹豫了。

“没关系，你出差的时候可以把猫放到我家来。”崔西建议。

“好啊。你也可以随时来我家看这只猫的。”有了崔西的保证，女孩欣然决定把那只流浪猫领回家去。

因为有了一只猫，两人决定先回东方竞一的家，把那只流浪猫安顿好了以后，再陪崔西去竹石博物馆。

二人一猫的友谊由此开始。

文明周而复思地重复着，一次文明陨落后，又会有另一次文明的兴起，每一次的故事却是不一样的。每个人都有独一无二的故事。一花一世界一叶一菩提。每朵花和每片叶也有它们不同的故事。

唯一共同的一点：他们都会在夜晚来临时，把视线投向星空。

那个浩瀚的星空才是永恒的。

www.ingramcontent.com/pod-product-compliance
Lightning Source LLC
Chambersburg PA
CBHW071254190726
48292CB00007B/2538

*9781950407057*